Matéria básica

Dados Internacionais de Catalogação na Publicação (CIP)
(Câmara Brasileira do Livro, SP, Brasil)

El-Jaick, Márcio
Matéria básica / Márcio El-Jaick. – São Paulo : GLS, 2007.

ISBN 10 85-86755-42-7
ISBN 13 978-85-86755-42-2

1. Homossexualismo 2. Romance brasileiro I. Título.

07-0111   CDD-869.93

Índice para catálogo sistemático:

1. Romances : Literatura brasileira   869.93

Compre em lugar de fotocopiar.
Cada real que você dá por um livro recompensa seus autores
e os convida a produzir mais sobre o tema;
incentiva seus editores a encomendar, traduzir e publicar
outras obras sobre o assunto;
e paga aos livreiros por estocar e levar até você livros
para a sua informação e o seu entretenimento.
Cada real que você dá pela fotocópia não autorizada de um livro
financia o crime
e ajuda a matar a produção intelectual de seu país.

Matéria básica

MÁRCIO EL-JAICK

MATÉRIA BÁSICA
Copyright © 2007 by Márcio El-Jaick
Direitos desta edição reservados por Summus Editorial

Editora executiva: **Soraia Bini Cury**
Assistentes editoriais: **Bibiana Leme e Martha Lopes**
Capa: **Marcos Martins**
Projeto gráfico: **BVDA – Brasil Verde**
Diagramação: **Acqua Estúdio Gráfico**
Fotolitos: **Pressplate**

Edições GLS
Rua Itapicuru, 613 7º andar
05006-000 São Paulo SP
Fone (11) 3862-3530
e-mail gls@edgls.com.br
http://www.edgls.com.br

Atendimento ao consumidor:
Summus Editorial
Fone (11) 3865-9890

Vendas por atacado:
Fone (11) 3873-8638
Fax (11) 3873-7085
e-mail vendas@summus.com.br

Impresso no Brasil

E olhamos o que fomos:
Sumos
Ligaduras terrenas
Mosaicos pontilhados de Loucura.

Hilda Hilst

Um

E ninguém é eu.
Ninguém é você.
Esta é a solidão.

Clarice Lispector

1

Era uma tarde de calor insuportável, e o ar-condicionado da redação tinha quebrado pela manhã. O suor me brotava das têmporas e descia pelo rosto, empapando o colarinho. E minha concentração não estava das melhores. À frente, a exigente tela de computador pedia pelo menos mais mil caracteres sobre uma bobagem qualquer estipulada pelo editor-chefe (de quem não vou falar mal, por educação e princípios).

Havia muito tempo as matérias da revista tinham perdido o lado lúdico e divertido para mim. No começo, ríamos muito na criação de regrinhas infalíveis para manter casamentos, incendiar relações amorosas ou o que fosse. Mas agora até essa lembrança só me deixava na boca o amargo de nunca termos respeitado as pobres leitoras, que, comprando a revista, pagavam as contas de nossos apartamentos e alguns luxos em geral mal escolhidos.

Naquele dia, eu tentava cumprir a função a mim incumbida ativando o mais mecânico dos pensamentos mecânicos, esperando apenas me livrar de mais uma entre muitas tarefas chatas. E assim seguia aos trancos, repetindo-me infinitamente, embora a repetição seja algo muito apreciado entre apreciadores de qualquer literatura, talvez por comprovar um saber antigo e assim transmitir uma idéia remota de segurança. Não sei.

Mas eu me repetia sabendo que me repetia, e me repetia porque naquele momento não saberia fazer de outra forma. Então me sentia frustrado. E, quando Luíza surgiu no vão de entrada da baia com meio sorriso no rosto e a notícia de que o candidato a estagiário estava aguardando, eu quis, entre muitas outras coisas, esmurrar a mesa e soltar um grito que desse conta daquela espécie de raiva difusa que vinha ruminando, um grito gutural de "Foda-se o candidato a estagiário" ou qualquer coisa assim brutal e explosiva, mas segurei a onda — não somos pagos para outra coisa —, respirei fundo e disse:

— Certo.

Carlos estava de férias, e eu havia assumido um cargo superior provisório, ligeiramente pior do que o meu: o dele. Portanto, precisava arcar com algumas responsabilidades para as quais não me sentia muito disposto — eu, que, se pudesse, não assumiria meu apartamento, meu carro, minhas plantas ou qualquer uma dessas coisas que vêm precedidas pela primeira pessoa do pronome possessivo. Mas sei que a vida tem uma mania terrível de nos impor situações com as quais não concordamos. E agora eu precisava entrevistar o candidato ao cargo de estagiário, muito embora a isso preferisse até ficar derramando clichês no artigo que escrevia.

Revisei o que estava feito, salvei o texto e pedi a Luíza, na baia ao lado, que me trouxesse o rapaz. Peguei o currículo disposto no alto da pilha de currículos e corri os olhos pelas páginas: um currículo de aspirante a estagiário. Vazio e emblemático.

Então ouvi duas batidas, e Luíza disse:

— Este é o Bruno, Pedro.

E dois sorridentes olhos castanhos caíram sobre mim.

E por um instante pensei que se abriria um buraco na minha frente, um terrível precipício onde eu afundaria interminavelmente, embora havia muito tempo eu andasse desacreditado de precipícios dessa ordem e grandeza.

E, estendendo a mão, disse:

— Olá, Bruno. Sente-se.

E vi Bruno se sentar, entre a calma e certa apreensão por se encontrar ali.

Aquilo era novo para mim. Quer dizer, aquilo era duplamente novo para mim. Porque eu nunca tinha entrevistado ninguém para cargo nenhum e, não fosse a emergência do caso, assim continuaria sendo. E porque sentir formação de precipícios depois de ver olhos castanhos sorridentes pertencia a uma época paleolítica de minha vida, a qual eu só assumia como minha por impossibilidade de atribuí-la a outrem e da qual eu só me lembrava com riso solto ou duramente abafado.

Mas ali estava eu, tateando com a ponta dos pés o início do despenhadeiro. Pensando em palavras barrocas como "arroubo", "estupor" e "encantamento". Maquinando, como maquinam os adolescentes, a edificação de uma história perfeita imaginada. Antecipando o improvável. Deixando-me carregar para esse terreno impalpável habitado por mocinhas desejosas: um mundo de fantasia onde se sonham absurdos e tolices incompatíveis com a vida real.

Era obsceno. Uma safadeza, quase.

Eu, 39 anos, ex-combatente de muitas guerras perdidas, jornalista experiente, cínico contumaz, colecionador de historietas, um Grande Amor deixado para trás, muitas aventuras impronunciáveis, viajado, calejado, gasto, uma vez náufrago, agora agarrado à desilusão como a um porto seguro supremo. Eu, encantado a ponto de sentir a formação de despenhadeiros por um menino de 22 anos, candidato a estagiário, com sorridentes olhos castanhos. Lamentável.

Aproveitando o tempo em que eu não me decidia quanto ao que fazer, Bruno me informou que era um grande admirador e que seria uma honra trabalhar comigo. Disse que havia lido meu livro (recuso-me a falar dele, sequer mencionar o título) e tinha até me pedido um autógrafo na noite de lançamento.

Os sorridentes olhos castanhos me fitavam com verdadeira admiração. E me vi entre o fascínio de aceitar aquilo e a ordenação imperiosa de desconsiderar qualquer elogio e retirar os véus de encanto que poderiam revestir aquela realidade banal a ponto da sordidez: meu livro único havia sido enterrado em meio a uma infinidade de artigos idiotas e conselhos frívolos, destinados a leitoras descerebradas de uma revista de boas vendas, num país que consome lixo.

Meu livro único, uma merda. Romance choroso que passou despercebido pelo mercado editorial e hoje descansa na prateleira superior de minha estante, espremido entre muitos outros volumes. E que dali de cima jamais saiu e certamente jamais sairá, haja vista o horror de me pegar folheando bobagens e mais bobagens assinadas por mim, um atestado voluntário de estupidez. Ah, a vaidade que nos obriga a cometer grossas asneiras e depois passar a vida a lamentá-las.

Eu era um jornalista experiente. De merda. Tinha abandonado um cargo bacana no mais bacana jornal da cidade para Viajar Para o Exterior. (Essa expressão incluía para mim tantas promessas, que agarrei a primeira oportunidade de levá-la a cabo.) E voltei com vontade de menos para o que era mais importante. Então recebi o convite irrecusável de trabalhar na revista e aceitei. E me acomodei, eu acho. É fácil se acomodar com o que não é pavoroso, quando temos nossa vidinha (diminutivo proposital) levada sem sobressaltos, numa semi-segurança que compreende a realização de pequenos prazeres.

Eu era feliz. Para mim, isso é o mesmo que dizer: eu era um lobisomem. São coisas que não existem, inventadas para nos meter medo ou alimentar esperanças, ou ambos.

Naquele momento, entretanto, sob o olhar sorridente de Bruno, pareceu-me fácil esquecer todos esses fatos e aceitar a admiração dele, mantendo os véus do fascínio. Quem sabe, talvez, eu fosse interessante, palavra usada POR ELE para descrever o que almejava ser na vida: alguém interessante. E o detalhe de que ele tenha usado essa palavra me olhando nos olhos, como se pretendesse deixar subentendido que "interessante" era algo que eu era e ele gostaria de ser, esse detalhe me fez, por um momento, acreditar.

Por que não, se tudo são perspectivas? E daí que estivéssemos na redação de uma revista feminina de QI médio que beirava o acinte, num calor infernal, porque o ar-condicionado havia enguiçado pela manhã e até agora, nessa empresa de Terceiro Mundo, que, por acaso, tinha rendas de Primeiro Mundo, não fora consertado, sabe-se lá por quê? E daí que eu viesse quebrando a cabeça para escrever pela milionésima vez o mesmo artigo sem ao menos poder alegar que sonhava com algo mais digno ou chorava alguma injustiça passada? Eu, que tinha encontrado paz nesse espaço aconchegante do não-sonhar.

Bruno era inteligente. Conversava sobre literatura e cinema. Falava inglês e "arranhava" francês. Ainda tinha ídolos (o que me deu frio na espinha, por já não lembrar o que era isso). Seus textos mostravam que escrevia bem: concisão, organização e vocabulário amplo. Embora discreto, talvez pela ocasião, exalava bom gosto na indumentária e traía sua sexualidade em um ou outro gesto mais lânguido. Talvez fosse de fato um pouco feminino, embora aquele jeito doce mais me parecesse próprio de criança. Era uma criança.

O que me tornava, por conseguinte, um velho safado.

Porque eu o desejava. Queria arrancar suas roupas. Queria deitá-lo sobre a mesa abarrotada de pastas e papéis inúteis e importantíssimos, beijar sua boca e mostrar que o escritor quase quarentão também tinha libido, sexo e uma ou duas idéias sacanas na cabeça. Que além de ser interessante, eu tinha também um corpo que talvez lhe interessasse.

Bruno tinha talento, beleza, juventude, encanto, todo o meu coração e agora um cargo fodido de estagiário na empresa. Fui quase sádico em aceitá-lo, porque o garoto merecia emprego melhor, mas fui sobretudo egoísta, porque a partir daquele dia eu não conseguiria chegar a uma redação que não tivesse entre os membros de sua equipe Bruno. E, ademais, o menino estava ali por livre e espontânea vontade. Tinha o cargo por ambição, e negar-lhe o que fosse também me parecia sacrilégio.

Quando ele se despediu com um "Até amanhã" seguro e otimista, Luíza me encarou do vão de entrada da baia durante o que deve ter sido muito tempo. E disse:

– Não vá se apaixonar.

Mas então já era tarde.

2

Mentira.

Ai, que grande lástima ter de admiti-la.

Não me apaixonei nem senti nenhum ímpeto romântico motivado pelos sorridentes olhos castanhos de Bruno. Quanto ao desejo de possuí-lo ferozmente, não poderia negá-lo frente à ereção que cultivei enquanto ele desfiava sua curta história e suas pretensões para a revista. Ouvia-o com a atenção dividida entre sua fala e meus dedos, a alisar o cacete duro por cima do tecido da calça.

Era um belo menino: a boca vermelha, o bronze dos braços à mostra, os cabelos curtos ligeiramente desfeitos. Sentir tesão era quase obrigatório.

Mas, quanto a encantamentos, arroubos ou estupores de amor, havia muito eu os tinha aposentado da minha vida. E o que talvez me tenha feito inventá-los aqui foi o instante-átimo, durante a entrevista, em que me imaginei entregando-me a essas infantilidades: ficando de quatro por um garoto, arrebatado por seu indubitável poder de sedução.

Não, minha canalhice teria de se superar para, a essa altura da vida, eu sonhar com Relacionamentos Amorosos, que dirá intergeracionais (essa palavra forçada).

Em defesa própria, juro quase solenemente que não tenho o hábito da mentira – talvez apenas o mínimo necessário em que todos incorremos para atingir pequenos fins cotidianos, como conseguir sexo quando o futuro parceiro provável parece querer saber que temos menos idade, ou na declaração de imposto de renda, ou ainda em salas de bate-papo, o que é diferente, por se tratar de um Terreno da Fantasia. Mas são aqueles casos em que a situação faz o ladrão, se é que isso me absolve em alguma medida.

O que sobra quando abandonamos até a idéia de Relacionamentos Amorosos são o trabalho, as atividades práticas do dia-a-dia e sexo. E às vezes um vazio sobre o qual não sinto muito pendor para falar agora. Digamos apenas isto: sexo sem envolvimento emocional é muito mais **sexo**, mas exige boa estrutura interna e amor-próprio sobre-humano entre um e outro ato, às vezes durante.

Saí da revista mais tarde do que o previsto e telefonei para o João, tentando marcar um filme para aquela noite, mas ele tinha compromisso e não podia. A idéia de ficar sozinho em casa em geral me agrada muito – televisão a cabo & calmaria –, mas naquele dia não me parecia exatamente boa.

Tirei as roupas suadas e contemplei meu corpo no espelho grande do armário durante quatro segundos, o que me deu tempo de segurar aquele estremecimento quase diário de deparar com um homem que eu não era e quase não encontrar aquele que tinha sido. Tomei um banho demorado, tentando me convencer de que ainda estava tudo bem. Mas esse "ainda" era quase pior: lembrava a fatalidade do envelhecimento. Uma questão de dias, meses ou anos. Terrível, a crise dos 40.

Vesti roupas limpas e saí para o Parque.

No Parque, era o de sempre. O movimento do Parque. Os personagens do Parque. As brincadeiras do Parque. As infinitas voltas do Parque. Alguma atenção à polícia. Fugas e perseguições sob a proteção de nossa flora vicejante. Punhetas tropicais. Solitárias ou não. Sexo oral entre os carros estacionados. E variações sobre o mesmo tema: dois de pé, um de joelhos; dois de joelhos, um de pé. Às vezes, um grupo ao mesmo tempo animado e arisco.

A abundância limitada do Parque. O susto nos olhares cobiçosos. A putaria, essa palavra definitiva. A putaria. E eu trançava com a calma de quem já não é novato, mas sempre com uma pequena agitação profunda sem a qual talvez não valesse a pena o passeio. Avistei o alvo, ou fui avistado. E nos caçamos feito bichos, trocando apenas grunhidos. Ah, a graça disso. E o horror.

Ele deveria ter em torno de 30 anos, embora as sombras sempre nos favoreçam em termos de idade. (Bem-vindas sejam.) Chupava bem. E era uma boa foda: camisinha e KY, sim senhor. Curvou-se ligeiramente sobre a árvore e recebeu-me sem reclamar.

Sempre me encantou trepar ao ar livre, com aquela paisagem exuberante à volta. Sentia-me privilegiado, embora isso também pudesse ser visto como algo terrível: o espaço e as circunstâncias deixadas por uma sociedade heterossexual preconceituosa para o sexo (que só poderia ser clandestino) entre dois homens. Mas eu considerava tudo aquilo um caro privilégio. Sexo anônimo em meio à paisagem. O mar, o verde, a chupada quase poética.

Gozei. Despedimo-nos. Cheguei cansado em casa e dormi como um bebê.

Lembro-me de um tempo em que eu sonhava ser alguém bem próximo do que era hoje. Na adolescência, minha grande ambição era poder ser gay. Levar uma vida gay, com amigos gays e romances esporádicos, uma história de filme, inspirada em filmes, onde eu era o personagem principal. *Voilà!* Aqui o temos. Exatamente isso. E no entanto não há nada como a adolescência – ou o cinema – para fazer qualquer vida de merda parecer "interessante" (adjetivo solidário, ou ingênuo, de Bruno).

Mas eu não podia me queixar. Minhas ambições haviam sido mais ou menos satisfeitas, e eu seguia em frente. Foda-se a ausência de um sentido maior. Foda-se o conceito clássico de felicidade. Foda-se o mundo plástico das utilidades do lar. Fodam-se as famílias unidas em torno do peru de fim de ano. Fodam-se as esperanças que se transferem de pai para filho e perpetuam uma eternidade de frustrações. Foda-se o mundo ponderado das realizações profissionais. Foda-se Hollywood. Fodam-se as uniões estáveis. Fodam-se os manuais de etiqueta. Foda-se o mundo encantado de *Caras*.

Despeito? Foda-se.

Minha vida era boa: um trabalho sem-vergonha e dinheiro suficiente para curtir artes & taras.

João era meu melhor amigo havia pelo menos cinco anos. Eu o conhecera pela internet, num *site* de classificados pessoais. Encontramo-nos num restaurante de comida árabe, entabulamos um papo que só acabou no dia seguinte e trepamos algumas vezes até concluir que as conversas eram melhores do que o sexo.

    Ele tinha senso de humor, 45 anos e pânico de rugas. Éramos fúteis e incansavelmente humanos. Não tínhamos tendência para mártires ou filósofos. Ficávamos em algum ponto obscuro entre o hedonismo e a melancolia. João trabalhava em um banco e usava grande parte de seu tempo livre para malhar. Tinha um corpo invejável para muitos moleques na casa dos 20. E a possibilidade de perdê-lo provavelmente pagara a casa de praia de sua analista.

    Minha analista também devia ter sua casa de praia, e acho que obsessão pelo corpo e pela juventude é a praga da homossexualidade, mas estou profundamente arraigado nessa cultura homossexual e é impossível ficar sereno ante a demolição que nos provoca o tempo. Contra ele, também eu puxo ferro e tomo conta da alimentação, embora as madrugadas ordenem chocolate e eu já mantenha guardadas algumas barras sobre a geladeira.

3

Acordei com o despertador. Tomei café-da-manhã, reguei as plantas e li um pouco o jornal do dia anterior: a situação irremediável do mundo e a programação cultural da cidade. Vesti bermuda e camiseta e segui para a academia, com fone nos ouvidos: *house* para extrair do corpo um mínimo de energia.

Na academia, o de sempre. Aquela sensação que nos transmitem os aparelhos de musculação: que, só de estar entre eles, nosso corpo já melhora. Tudo uma questão de psicologia. E talvez certo jogo de luz e espelhos.

Confesso que a idéia da bicha "profissional", aquele cara marombado de camiseta justa, cujo corpo parece ligeiramente acima do humano e cujo cérebro, talvez injustamente, seja considerado aquém do nível aceitável, não me apetece, embora em algum grau eu a inveje terrivelmente. Há na bicha profissional qualquer coisa de etéreo. Imbecilidade nunca foi problema, pelo menos não para o imbecil. E um belo corpo é sempre um belo corpo.

Bruno chegou à redação – agora com ar-condicionado funcionando em perfeitas condições, Deus seja louvado – pontualmente em seu primeiro dia de trabalho, exibindo maior descontração do que na véspera. As roupas também eram menos formais e revelavam o corpo atlético através dos tecidos finos. Era incrível o que ele conseguia fazer com a minha libido. Até aquelas invenções cansativas de sadomasoquismo eu me punha a imaginar: algemas à cama, cera quente de vela & chicote de loja de conveniências eróticas.

Sempre achei um pouco engraçada a turma do sadomasoquismo, com seus acessórios de couro e borracha. Em Nova York, cheguei a me assustar – numa época em que ainda me assustava – com os caras montadésimos andando pela rua. Até quepe os filhos-da-puta usavam! Um luxo. Uma piada. E eu me imaginava participando de orgias e tendo de me concentrar para ficar de pau duro e segurar o riso. Sobretudo, acho que isso despe um pouco o sexo do que ele é, embora ele possa ser muitas coisas, eu sei.

Mas não tenho preconceitos e quando, numa festa, sou apresentado a um sádico ou masoquista, não titubeio em estabelecer animada conversa sobre anéis penianos, coleiras e *golden showers*. Viva a diferença! Cada macaco no seu galho! Trabalhadores do mundo, uni-vos!

Pedi a Bruno que fizesse algumas revisões, depois das quais ele deveria começar a arrumar o arquivo de pesquisa. E discuti com Luíza um esboço de pauta para a edição seguinte. Era evidente que eu dava conta do trabalho de Carlos, a quem eu relutantemente concordara em substituir durante o mês de férias, mas o trabalho puxado me incomodava. Eu não me importava de ter um emprego medíocre, desde que ele não me ocupasse muito a mente e o dia. E agora aquilo.

No começo da nossa história na revista, Luíza e eu achávamos muita graça de tudo e inventávamos artigos geniais, dentro da já mencionada mediocridade. Escrevíamos sobre as "10 coisas que o homem mais procura na mulher", enquanto imaginávamos "10 maneiras higiênicas de transar nas praias do Rio", "10 formas de enlouquecer seu ginecologista" e "10 dicas para enfiar o dedo no cu do seu marido". Hoje, acho que ríamos de tolos. Mas ríamos.

No fim da tarde, Bruno foi me consultar por causa de uma dúvida de concordância verbal e, apesar de eu estar enterrado até os colhões em trabalho, peguei-me sorrindo e pacientemente explicando que, para dúvidas daquela natureza, em geral o *Manual de redação e estilo* era a melhor ferramenta. Abrimos juntos o livro e achamos a solução para o problema. Ele agradeceu, admirado. Pediu um exemplar do manual e perguntou se poderia levá-lo para casa.

– Claro – respondi, embora nada fosse assim tão claro.

Antes de sair, Bruno exclamou que tinha muitas coisas a aprender comigo. E meu lado cético desconfiou que fosse encenação: o garotinho aprendiz com ares de princesa adormecida querendo inflar o ego do coroa entediado. Mas ele me parecia sincero.

À noite, João me encontrou no cinema, e conversamos trivialidades. Contei do novo estagiário tesudo. Ele contou de um assalto na loja que ficava de frente para o banco. Comemos pão de queijo com guaraná *diet*. E assistimos ao filme calados, como gostamos de ver filme.

O enredo era desses de mudança. A mulher que descobre que a vida poderia ter sido diferente e padece pelo que deixara de fazer. Então lentamente sofre a transformação que a impede de voltar ao estado anterior. Saímos emocionados. Arte, a grande redentora, o que sobrou para nos arrancar da apatia, quando até e principalmente os noticiários de televisão nos deixam cada vez mais indiferentes.

Despedimo-nos com um abraço apertado e decidi voltar para casa caminhando. Trancei as ruas escuras trazendo a imagem da mulher em sua lenta descoberta, sobretudo de um tempo perdido, um tempo que poderia ter sido melhor e foi desperdiçado. Suas lágrimas no carro, voltando para casa, para uma vida nova que imagino assustadora e imperiosa. O ressentimento por ter se permitido cair no moto-contínuo e a descoberta tardia.

Cheguei em casa melancólico e me sentei no sofá da sala, onde passei um longo tempo contemplando o teto de pintura lascada. Pensava na vida, essa matéria escorregadia que se situa em algum ponto entre o divino e a piada, esse barco trôpego que não sabemos remar, que remamos como podemos, geralmente mal.

Minha analista dizia que a vida está em nossas mãos e que Fazemos Escolhas, mas eu não me deixava convencer. Eu achava que vida é o que tentamos fazer daquilo que nos foi dado, do jeito que nos foi ensinado, sob as condições em que nos encontramos. (Ou seja, uma catástrofe previsível.) E a maioria de nós é amadora no ofício, embora algumas pessoas pareçam profissionais. Invejo essas pessoas. Inveja, aliás, é esporte que adoro praticar, embora ela desenvolva em excesso os músculos da baixa auto-estima.

Para essa tristeza incômoda que me jogou no abismo de reflexões existenciais, cogitei alguns possíveis remédios e optei por dois: chocolate e sexo virtual.

Liguei o computador e peguei uma barra de Hershey's. Decidi que queria ter 33 anos, ser bissexual, casado, à procura de jovens passivos, e digitei o apelido **33casado-bi**. Ah, a alegria do faz-de-conta! Recebi muitas propostas, mas me encantou um menino de 21 anos, cabelos e olhos castanhos, bunda redonda, estudante de publicidade, inexperiente, que se intitulava **Jimmy**.

Fiz força para não imaginar a bicha calva de 70 anos, aposentada e cansada de guerra que provavelmente se encontrava no outro lado da linha e bati uma punheta demorada, escrevendo baixarias como "Quero gozar nessa boquinha", "Vem pro seu macho" e "Sente meu pau entrando no seu rabo". Ele, por sua vez, retribuía no mesmo tom, às vezes me cansando um pouco pelas repetições.

O chato de sexo é que não acaba nunca. A sede não termina. E me parece que, quanto mais temos, mais queremos.

Eu me lembro exatamente do dia em que me dei conta de que era gay, embora talvez então nem soubesse da existência dessa palavra. Apenas entendi que gostava de meninos. Que eu era diferente, e que aquilo era algo a esconder.

Eu estava visitando a casa dos meus tios, no interior, brincando na rua com o meu primo, quando um garoto mais velho, que vinha nos observando, perguntou:

– Você dá?

Eu devia ter uns 10 anos e era de uma ingenuidade que hoje se poderia chamar de inacreditável, então perguntei:

– Dou o quê?

E só entendi do que ele estava falando pelo ar de malícia que adivinhei nele.

É engraçado isso de a notícia vir geralmente de fora. São os outros que enxergam nosso ar "diferente" e nos informam que somos bichas, pegando-nos totalmente de surpresa.

Então, depois disso, quando conseguimos, tratamos de nos esconder, forçando uma voz mais grossa, participando de conversas sobre meninas, inventando paixões platônicas, tornando-nos incansavelmente invisíveis e nos fechando para o mundo, às vezes até andando curvados. E ainda tendo de ouvir nosso pai dizer:

– Você vai ter problema de coluna.

Ah, se fosse só esse o problema! A gente contratava um massagista japonês e estava tudo resolvido. Só que é mais grave, pai. O problema é tão grave que não posso nem falar dele com você, imagina? Tenho de remoê-lo sozinho, juntando cacos de informação e tentando entender o que nem a ciência parece ter conseguido, imagina? O problema é querer mais do que uma simples massagem do massagista japonês. É querer o próprio massagista japonês.

Eu morria de tesão por um dos meus tios: tio Vieira. Todas as minhas punhetas adolescentes o homenageavam com louvor, acho que principalmente por ele ser o protótipo do machão filho-da-puta que tem mulheres na rua e só pensa no próprio umbigo.

Minhas punhetas, lembro-me muito bem, eram fantasiosas e "tinham história" – isso que os leigos esperam dos filmes de sacanagem. O estranho é que a história era terrivelmente repetitiva e, durante muito tempo, isso não teve muita importância. Só mais tarde é que precisei começar a fantasiar com outros tios, muito embora, com eles, eu precisasse de sexo grupal para compensar a falta do tio Vieira.

Faz alguns anos, tio Vieira morreu de cirrose, abandonado pela mulher, num apartamento pequeno que só visitei uma vez, a pedido do meu pai. Mas então eu já era outra pessoa, minhas fantasias eram diferentes e o papel que eu gostava de desempenhar na cama fugia em muito ao dos meus devaneios adolescentes. De qualquer maneira, foi estranho ver tio Vieira morto um dia, porque a morte é estranha.

Tenho uma teoria – que provavelmente li em algum lugar, mas da qual me apropriei sem hesitação – em relação à mudança por que passam nossas fantasias sexuais, desde a descoberta da homossexualidade até a vida adulta.

Quando se dá conta de que gosta de meninos, o garoto homossexual se imagina uma menina presa em corpo de menino e imagina que deve agir como menina, tendo nisso prazer genuíno. Ele pode vestir as roupas da mãe, colecionar papel de carta e brincar de boneca, e invariavelmente sonha com o menino que vai fazer dele uma "mulherzinha", porque não vê nenhuma possibilidade além disso.

Mas, com o passar do tempo e com o descobrimento dos muitos prazeres do mundo gay, reavalia inconscientemente suas preferências e se posiciona muitas vezes de maneira diversa daquela que fantasiava na infância ou no começo da adolescência.

Não sei se isso tem fundamento. Mas gosto da teoria.

4

No dia seguinte, era fechamento. Precisei correr contra o tempo, que sempre esteve no lado do adversário, quem quer que fosse ele. Era em cima da hora que eu descobria defeitos abomináveis nos textos, e até hoje sofro com os erros que chegam a ser publicados. Invejo a serenidade de Luíza, a tranqüilidade com que lida com as urgências, por exemplo, como se o mundo não fosse ruir. O mundo, para mim, está sempre ruindo.

– É meu nome que está assinando esta merda! – reclamava infinitas vezes, quando via algum absurdo de revisor ferindo o Meu Texto.

Eu tinha isso de Meu Texto. E sofria. E detestava revisores. E queria queimar todos numa fogueira imensa, ateada com os papéis da revisão porca que faziam. Já rompi relações e cheguei a ponto de não querer "me misturar" com a raça.

Depois deixei de lado isso de Meu Texto, mas a ira que sentia continuou, assim como continuou essa busca constante de perfeição, mesmo no que era flagrantemente imperfeito, como os artigos tolos que publicávamos. Eu não tinha a paz de espírito de Luíza. Não tinha suas certezas. Ela parecia ter internalizado a máxima de Adélia Prado de que nada será perfeito, então podemos relaxar. Parecia dizer "Isto é o melhor que posso fazer" e não se preocupava com o fato de que talvez não fosse o suficiente.

Eu estava nessa agitação quando Bruno entrou em minha baia para perguntar se não havia nada de urgente que pudesse fazer, em vez de arrumar o arquivo de pesquisa, o que poderia continuar no dia seguinte, quando tudo estivesse mais calmo. Decidi lhe confiar parte do trabalho e avisei que ele poderia sanar qualquer dúvida comigo.

Bruno não teve nenhuma dúvida e, uma hora depois, entregava-me o trabalho impecavelmente realizado. Precisei corrigir apenas duas questões estilísticas e parabenizei-o com um sorriso cordial. Ele perguntou se não havia mais nada, e respondi que sim. Expliquei o trabalho, e ele pôs mais uma vez mãos à obra, entregando-se à tarefa com uma disposição da qual eu não me lembrava de jamais ter tido.

Terminamos tudo às 20h. Luíza propôs uma cerveja no bar próximo da sua casa. Mas eu estava terrivelmente cansado, só pensava em banho gelado e cama quente. Era nessas horas que eu me dava conta da passagem do tempo; do peso que o corpo já não segurava; da energia física, ou simplesmente mental, que faltava.

Ana, que trabalhava na seção cultural, e Bruno aceitaram o convite. E me vi assentindo também.

O bar estava cheio, mas conseguimos mesa num canto. Pedimos cervejas & petiscos e começamos a conversar sobre trabalho. Sentado a meu lado, Bruno apoiou o braço no espaldar de minha cadeira, encostando-o assim em minhas costas, o que me resultou em imediata ereção. Ele falava descontraidamente sobre suas primeiras impressões da revista, recebendo conselhos de Ana e Luíza.

E eu me perguntava apenas em que momento o assunto resvalaria para sexo. Porque nunca conversávamos sobre nada além de trabalho e sexo em nossas reuniões de *happy hour*. Foi Luíza que, no alto de sua rápida e leve embriaguez, apontou para um rapaz louro de camiseta verde e disse:

— Eu daria para ele agora.

Ana soltou um riso, eu peguei um pedaço de provolone à milanesa, e Bruno olhou para o rapaz.

— Temos gostos diferentes — disse ele.

Eu estava cansado desse tipo de conversa e cogitei alegar uma dor de cabeça para ir embora, mas pedi outra cerveja.

— E qual é seu tipo? — perguntou Ana a ele.

— Mais velho, com cérebro, de preferência moreno e em boa forma física — respondeu Bruno.

Por um instante, pensei em embebedar o menino e levá-lo para casa, fodê-lo a noite toda e procurar descobrir se aquele papo mole era indireta para mim. O desgraçado parecia querer pular na minha cama, e eu já me perguntava se haveria algum interesse oculto por trás daquilo, embora não me ocorresse nenhuma razão sensata. Eu era um simples redator, temporariamente ocupando o cargo de coordenador editorial. Se ele almejava promoção, estaria dando para o cara errado.

Eu não gostava dessa desconfiança que, infelizmente, perseguia minhas relações. Mas acho natural que a gente vá aos poucos deixando de confiar nos outros. Começamos a vida de coração aberto, cheios de amor para dar, então o tempo nos mostra que é melhor usar um pouco de precaução. Vem o primeiro chifre, a primeira rasteira profissional, a primeira recusa de socorro, e entendemos que o mundo pode ser cão, e que, na dúvida, é melhor não deixar a carteira em cima da cômoda quando nosso namorado de três meses vai passar a noite conosco.

Era ruim não confiar, mas essa crosta que a gente acaba criando me parecia necessária e fundamental, pelo menos na maioria dos casos.

– E seu tipo, Pedro? – perguntou Ana.

Pensei em responder "Jovenzinho, inteligente, de preferência moreno com cabelos despenteados", mas eu trabalhava com o menino e não queria ser acusado de ter dito coisas apenas para conseguir trepar com ele. Se acontecesse de a gente trepar, eu deveria ter a menor influência declarada possível.

– Não tenho isso de tipo.

– O que vier você traça? – brincou Luíza.

– É mais uma questão de cada caso ser um caso.

– Bom eufemismo para "topo todas" – insistiu Luíza.

– Vá se foder! – falei, rindo.

Bruno pediu mais uma cerveja. Luíza acendeu o que parecia ser seu centésimo cigarro. Ana disse:

– Meu tipo ideal tem 80 anos, um pé no Paraíso e gordíssima conta bancária.

Era uma piada velha, mas rimos. Em papo de bar até a morte tem de descer do salto, porque perde gravidade. Os fatos ficam infinitamente leves e descomplicados. Parece que tudo é relatado na terceira pessoa, que aconteceu com outrem e nada temos que ver com isso.

Luíza encarou Bruno, o novato em nosso grupo, e perguntou:
— Você tem namorado?
— Não — respondeu ele. — Terminamos há pouco tempo.
— Não deu certo? — murmurou Ana, a fala já arrastada.
— Durante dois anos, até que deu bastante certo — explicou Bruno. — Depois desandou, acho que é natural.
— Um brinde ao que é natural — propôs Luíza, erguendo o copo.

Todos brindamos, embora eu sentisse que aquele era um brinde feito a contragosto, que ninguém queria brindar ao que era natural, quando natural era o término inevitável das coisas. Eu não me importava.

— À eternidade do "enquanto dure"! — exclamei, dando-me conta de que minha voz também já se arrastava.

— Mas — interveio Bruno — é bom pensar que as coisas poderiam ser como no seu livro, para sempre.

Recuperei um terço de sobriedade e sorri meramente por educação.

— Opa! — disse Luíza. — Você está entrando em terreno proibido.

Bruno parecia surpreso.

— Por quê? — perguntou. — O livro é terreno proibido?
— O Sr. Paranóia não gosta de falar sobre isso — respondeu Luíza.

Era verdade, eu não gostava de falar sobre o livro. Já li em algum lugar que todo livro é meio autobiográfico, mas que o primeiro livro é COMPLETAMENTE autobiográfico e, no meu caso, a declaração era exata. Quando escrevi o livro, eu queria botar minha vida inteira ali, então expus o que hoje jamais exporia e fiz do texto uma ode à idiotice fantasiosa, ou à fantasia idiotizada. Escrevi-o dois anos antes do fim do meu primeiro relacionamento, que foi o mais longo e mais bonito que tive, até porque éramos jovens e não sabíamos que o que estávamos vivendo era impossível.

Na época, eu acalentava ilusões dignas de riso, e tê-las revelado em público me é um tanto embaraçoso. Depois da publicação, e depois de eu perder minha tardia adolescência e todos os sonhos cor-de-rosa que a acompanhavam, o que restou foi só essa vergonhazinha persistente por ter-me mostrado tão tolo a troco de quase nada.

Mas o livro não decolou: recebeu duas curtas resenhas positivas e nada mais.

— Excentricidades de autor — brincou Ana.

Bebemos mais um pouco em silêncio, então sugeri que pedíssemos a conta. Pagamos e nos despedimos. Ana tomou um táxi, Luíza atravessou a rua e entrou em seu prédio, acenando para nós. Bruno pegaria um ônibus, mas a rua estava deserta, e me vi oferecendo meu apartamento.

— Você dorme na cama, eu fico no sofá — propus.

— Imagina! — disse ele. — Não vou tirar você da sua cama. Vamos?

Fomos caminhando, em silêncio. Às vezes, eu sentia o ombro de Bruno roçar meu ombro. Fechava os olhos e ouvia sua respiração, seus passos na calçada. Na embriaguez em que me encontrava, vinham-me lampejos daquela realidade: de que ele estava ao meu lado, a caminho da minha casa. Eu começava a ficar de pau duro.

No elevador, fitava os números, tendo a vaga impressão de que Bruno me encarava. Mas não conseguia olhar para ele, talvez porque ele fosse estagiário da revista e eu soubesse que aquilo estava de algum modo errado. Chegamos ao 15º andar, abri a porta, e entramos.

— É exatamente como eu imaginava — disse ele, quando acendi a luz da sala. — As estantes cheias de livros, os quadros na parede. Esse é Hopper?

Assenti, virando-me para a tela.

— Você gosta? — perguntei.

Ele confirmou com a cabeça, enquanto passeava os olhos pelos livros, com certa avidez.

Eu me sentia um pouco como um animal raro e curioso, apresentando seu hábitat ao visitante.

— Quer beber alguma coisa? — perguntei.

— Água — respondeu ele, sem despregar os olhos da estante.

Fui até a cozinha e enchi um copo de água. Vi que a pia estava cheia de louça suja e, por um instante, cogitei escondê-la na área de serviço. Então me dei conta de como estava sendo ridículo. Levei o copo para a sala, onde Bruno folheava um livro. E me vi sem ter exatamente o que fazer.

— Bem, vou tomar um banho — anunciei. E, como se precisasse me justificar, acrescentei: — Estou cansado.

— É claro — disse ele, olhando-me pela primeira vez desde que entrara no apartamento.

— Fique à vontade — falei, com um sorriso.

Tomei um banho gelado, rápido, ensaboando o corpo com agilidade e eficiência. Depois me enxuguei de frente para o espelho grande da porta, notando cada um dos meus defeitos e tratando de agigantá-los. Era nessas horas que eu me perguntava se análise servia para alguma coisa. Era certo que pelo menos agora eu tinha plena consciência de que minha autodepreciação aflorava em momentos muito específicos, mas conseguir me livrar dela parecia tão provável quanto a existência de anjos da guarda.

Vesti bermuda e camiseta e fui para a sala. Bruno ergueu a cabeça, correndo os olhos pelo meu corpo.

— Posso tomar um banho também? — perguntou.

— Claro — respondi. — Tem uma toalha e roupas limpas no banheiro.

Ele se retirou. Eu me sentei no sofá e liguei a televisão. Passeei por todos os canais, sem conseguir me deter em nenhum. Quando já via pela décima vez o que acontecia em cada uma das cinqüenta opções, Bruno surgiu na sala vestindo apenas a cueca branca e a camiseta amarela que eu havia deixado no banheiro. Pensei em perguntar "A bermuda não coube?", mas achei melhor ficar quieto.

Ele apontou o sofá e perguntou:

— Então é aí que eu vou dormir?

Eu deveria ter respondido que sim, mas a visão daquelas pernas quase lisas, o cabelo molhado, desfeito, o sorriso maroto, tudo isso somado à ereção que agora quase me rasgava a cueca obrigou-me a dizer:

— A menos que você prefira dormir comigo. A cama é grande.

O quarto estava mergulhado na penumbra, salvo pela luz externa que nos chegava filtrada pelos vãos da cortina. Deitamo-nos em silêncio e ficamos encarando o teto durante o que me pareceu ser um longo tempo. Bruno perguntou:

— Você já foi casado?

Era lamentável que ele quisesse conversar àquela altura, quando eu estava pronto para não dizer absolutamente nada.

– Já, muito tempo atrás – respondi.

– Quanto tempo vocês ficaram juntos? – insistiu Bruno.

– Oito anos – falei – e uns quebrados.

– Uau! – exclamou ele.

– É.

Qualquer coisa seria melhor do que conversar sobre aquilo, mas Bruno não pensava assim.

– Posso saber por que vocês terminaram? – perguntou.

– O sentimento acabou.

Eu não falaria da merda em que havíamos nos afundado quando demos o Adeus definitivo, não falaria das pequenas traições, do descaso e até do desprezo que chegamos a sentir um pelo outro, não explicaria que era sempre assim e que não havia nada que pudéssemos fazer contra a fatalidade das relações, não macularia com minhas experiências frustradas, e com as experiências frustradas de todos os meus amigos, a cabecinha ingênua e possivelmente sonhadora daquele menino.

– É uma droga que sempre acabe! – disse ele.

– É – assenti, traindo na voz alguma surpresa.

– Quer dizer, é terrível – prosseguiu ele – Mas nem por isso devemos deixar de nos envolver, de nos apaixonar, não é?

– Claro – menti.

Ele se virou para mim e pôs a mão na minha barriga. Passei o braço por trás de sua cabeça, para que ele pudesse se deitar em meu peito, e comecei a alisar seu cabelo, que agora descobria ser ainda mais pesado e macio do que imaginara. Os segundos transcorriam lentamente, e era bom sentir o hálito dele em meu peito, a mão imóvel sobre minha barriga. Ficamos assim, parados, durante muito tempo, e, só quando decidi lhe confessar que já não agüentava mais de tesão, descobri que Bruno dormia.

5

Teresa estava na casa dos 50, era de uma sinceridade que beirava a afronta, tinha sempre um sorriso pronto, ouvidos geralmente atentos e mais opiniões do que eu gostaria que tivesse. Era uma mulher sofisticada, e até onde eu sabia morava numa casa grande, isolada do centro da cidade. Vestia-se com elegância, não abria o jogo sobre sua vida pessoal, era versada em muitos assuntos, tinha um ar imperioso de detentora dos segredos do universo. E era minha analista.

Ela agora me fitava com seus grandes olhos negros, talvez esperando que eu desfiasse minhas últimas incursões sexuais. Já havia me dito que os "homossexuais masculinos" discorrem bastante sobre sua vida sexual, muito mais do que os "homossexuais femininos". Mas a surpreendi, falando unicamente de minha madrugada frustrada.

– E você gostou de passar a noite com ele? – perguntou ela, depois que acabei meu relato.

– Nem é esse o caso – respondi.

– E qual é o caso?

– O caso é que o garoto me deu todas as dicas de que estava interessado, para depois dormir lindamente no meu peito, como se fôssemos grandes amigos.

– E se ele quiser ser apenas amigo? – imaginou ela.

– Já tenho amigos demais.

– Então o que você quer dele?

Não hesitei:

— Sexo.

— E depois do sexo?

— Talvez mais sexo. Ou não.

— Sexo com colega de trabalho... Não me parece muito sensato.

Não perguntei sua opinião, eu queria responder, mas disse apenas:

— Nem sempre sou sensato.

Então o silêncio caiu sobre nós como um véu denso e abafado. Mas Teresa não tinha problemas com o silêncio. Era eu que tinha problemas com o silêncio.

Conheço Teresa. Sei o que pensa. Sei o que esperava que eu dissesse. Teresa acredita que o ser humano precisa e está sempre à procura de Amor, essa palavrinha gasta, e certamente achava que minha vida era uma grande farsa. Não me agradava que ela tivesse idéias tão definitivas sobre algumas coisas, mas a possibilidade de mudar de analista me cansava terrivelmente até em pensamento.

— Sei o que você quer que eu diga... — arrisquei.

— Por que está tão preocupado com o que eu quero? — perguntou ela.

— Não estou preocupado com o que você quer, apenas sei o que você quer que eu diga — falei, consultando o relógio. — Já está na hora.

Levantei-me, despedi-me e saí.

No café da esquina, pedi um suco de laranja e um sanduíche. Abri o caderno cultural do jornal e imediatamente experimentei aquela sensação que sempre me invadia ao abrir qualquer periódico: a consciência de como era grande a quantidade de coisas que **não** me interessavam. Era curioso que eu fosse jornalista, porque jornalista é essencialmente o cara que quer saber, que corre atrás da notícia. E eu era o avesso disso.

Às vezes me surpreendia escrevendo ou lendo uma matéria sobre alguém que me causava verdadeiro fascínio, e até inveja. A mulher que se dedicava a salvar a fauna ameaçada dos cantos mais remotos do mundo, mobilizando equipes e arranjando material necessário; o cirurgião pediátrico russo que se punha a caminho de onde houvesse crianças necessitadas, enfrentando atentados e seqüestros.

Eram pessoas especiais, que tinham Causas Especiais e usavam isso que lhes havia sido dado – a vida – para ajudar o mundo, para torná-lo um lugar menos impossível. Mas eu era apenas o cidadão médio que se vê impotente diante da imensidão de opressões, desastres e injustiças. Queria que o mundo mudasse, mas não via como e me limitava a saber dos fatos, ou nem isso.

Comi o sanduíche e li as resenhas de alguns filmes. Ainda trazia no bolso o bilhete que Bruno havia deixado sobre o travesseiro. Então o abri sobre a mesa: "Obrigado por tudo. Bjs." Eu sabia o que me incomodava naquilo tudo, e não era uma coisa só. Eram três. Primeiro, o fato de não termos transado. Segundo, o fato de ele ter saído do apartamento sem me acordar. Terceiro, aquele "Bjs". Custava botar a porra das vogais?

Saí do café e decidi que ainda tinha algum tempo livre antes de ir para o trabalho. Passei em uma livraria, folheei alguns romances e livros de contos, mas tudo me parecia grande demais. Eu não tinha tempo, não tinha saco, não tinha vontade de nada que me exigisse tanta atenção. Esbarrei num volume de minicontos, de bom título, li os três primeiros textos e, embora não fossem geniais, gostei do tom. Comprei.

Na redação, as coisas estavam mais calmas do que na véspera. E era sexta-feira, o que sempre deixa no ar a expectativa de menos dever e mais prazer. Bruno chegou cumprimentando-me com um sorriso grande, dizendo que tinha gostado muito da nossa noite. Retribuí o sorriso.

– Também gostei – menti.

Ele juntou as mãos, olhou para elas e disse:

– Eu estava pensando se você não gostaria de ir ao cinema hoje à noite.

Não pode ser um motel?, eu queria perguntar, mas apenas respondi:

– Hoje não posso.

Ele me olhou nos olhos e disse:

– Claro. Fica para a próxima.

Passei a tarde escrevendo amenidades e saí uma hora antes do previsto. No caminho de volta para casa, fiquei olhando a paisagem pela janela, olhando as pessoas, as ruas, os carros, a cidade pulsando à espera do fim de semana. O que se passava na cabeça daquelas pessoas? Quais eram os planos? Rever o namorado, a família, viajar, dançar, trepar, tomar sol, alguns coitados provavelmente teriam trabalho a fazer.

Na secretária eletrônica, havia um recado da minha mãe e um do João. Arrumei a casa, tomei um banho gelado e puxei o ventilador para perto do sofá da sala, onde me sentei com o telefone. Liguei para a minha mãe e ouvi suas lamentações: o preço de tudo, a violência, o casamento naufragado do meu irmão, Tobias. Fiquei sabendo que tia Adélia, irmã da minha mãe, viúva do tio Vieira, símbolo sexual da minha adolescência, moraria com ela.

Eu não queria pensar no fato de que aquilo era mais uma necessidade econômica do que uma decisão voluntária das duas, nem queria me lembrar de que minha mãe certamente preferiria morar comigo a morar com a irmã, com quem não tinha a melhor relação do mundo. Não queria pensar no fato de que Tobias e eu deveríamos ajudá-la agora, mas não podíamos: eu com minhas economias apertadas, segurando uma vida de padrão médio e sendo egoísta a ponto de não abrir mão de minha liberdade; Tobias enfrentando problemas financeiros, em via de se separar da mulher.

Em silêncio, amaldiçoei o país, o mundo, Deus e sua corja de santos. Por que minha mãe tinha de passar por aquilo na velhice?, eu me perguntava. Por que tinha de aceitar o que não queria e se resignar? Mas logo me vi inevitavelmente pensando que havia pessoas em pior situação – sempre há pessoas em pior situação – e procurei me acalmar, embora persistissem na minha mente todas as situações desfavoráveis que minha mãe tivera de atravessar na vida, sobretudo aquelas provocadas por mim.

Na realidade, eu nunca tinha dado aborrecimentos à minha mãe até o dia em que declarei minha sexualidade, mas essa declaração pesou mais do que todos os desgostos que eu poderia ter lhe causado. Era o enterro de muitas esperanças, o nascimento repentino de um filho que ela desconhecia, o surgimento de novos medos, a manifestação de uma culpa infundada à qual ela não renunciava, a óbvia redução da possibilidade de netos, o limite, enfim, da estrada que desembocava no precipício.

Agora eu tentava reconfortá-la, dizendo que tia Adélia seria boa companhia, mas não era preciso, porque minha mãe já havia convencido a si própria de que não estava aceitando a irmã em sua casa por obrigação, por imposição do destino e da falta de recursos. Em um estranho grau de consciência, ela se convencera de que estava prestes a morar com tia Adélia por uma decisão genuína de ambas, por opção. E até isso me deixou mal: o caminho tortuoso que sua mente encontrava para se conformar. Combinamos que ela passaria na minha casa no dia seguinte.

6

Quando telefonei para o João, sentia um aperto sobre-humano no peito. Ele percebeu que havia algo errado e perguntou o que era, mas eu não queria externar minha sensação de impotência e culpa, bastava ter de remoê-la internamente, e resumi minha aflição dizendo que eram "problemas familiares". Ele aceitou.

João era dessas pessoas raras que conseguem ler os sinais e chegar à conclusão certa de que queremos ou não falar sobre algo. Às vezes, "não" quer de fato dizer "sim, se você insistir", mas a linha divisória é tênue e já levou muitos marmanjos ao banco dos réus.

– Vamos ao cinema? – convidou ele. – O filme está escolhido.

– Você manda – assenti.

A sessão estava cheia e tivemos de nos sentar bem na frente, mas o filme era lindo e valeu o sacrifício: o garoto que perde a inocência descobrindo uma verdade brutal. Triste e lindo. Deixamos a sala de exibição emocionados, mas com fome. No bar do cinema, à saída do filme, encontrei Bruno com um garoto da sua idade. Cumprimentamo-nos, apresentei João e ele me apresentou ao menino, que se chamava Tiago.

– Gostou do filme? – perguntou.

– Muito – respondi. – Gostamos muito. E vocês?

– Eu adorei – disse Bruno. – Mas Tiago preferia que o filme não acabasse ali, que continuasse.

Só existe um tipo de espectador pior do que esse que quer mais informações do que o filme deu; é o espectador que quer uma mensagem do filme. Quer mensagem? Abra seu e-mail.

— Nós vamos comer alguma coisa — disse João, antes que eu pudesse intervir. — Vocês gostariam de vir com a gente?

Eles aceitaram. Optamos por uma pizzaria nova, próxima, onde tivemos de esperar cerca de meia hora na fila. Quando finalmente entramos, descobrimos um ambiente agradável, com decoração limpa e clara. Estávamos todos com fome, pedimos duas pizzas grandes e quatro chopes.

Bruno estava excepcionalmente bonito, com os cabelos sempre desfeitos, camisa cinza de botão e calça jeans, e acho que João ficou um pouco hipnotizado por sua beleza ou juventude. Tiago me parecia esguio demais, mas também era um garoto bonito, embora a mesa fosse sem dúvida controlada pelo magnetismo de Bruno. Eu queria foder com os dois.

Conversamos principalmente sobre cinema. Bruno era fã incondicional de Woody Allen e queria ser crítico. Havia feito cursos de roteiro com um bambambã americano, mas não sonhava em trabalhar na área.

— Foi mais para entender o processo — explicou ele.

Quando estávamos todos ligeiramente embriagados, Tiago nos convidou para fumar maconha em sua casa, que ficava ali no bairro, duas quadras depois da pizzaria. Eu não gostava de fumar com quem eu não tinha muita intimidade, porque não gostava de ficar ridículo em público, e sempre ficava ridículo quando fumava. Mas João insistiu e acabei cedendo.

O apartamento era pequeno, mas extremamente bem-cuidado, e parecia um *set* de filmagem. Em cada canto havia um detalhe interessante. A cortina era feita de uma espécie de bricolagem com plástico, a geladeira era totalmente coberta de imagens em preto-e-branco, as paredes tinham cores fortes, mas não cansavam os olhos, os quadros pareciam feitos sob encomenda para o lugar. Descobrimos que Tiago estudava cenografia, e internamente achei muito engraçado que eu e João estivéssemos passando a noite com dois estudantes. Devia ser a crise dos 40.

Tiago acendeu o cigarro, e Bruno se recostou no sofá, dizendo que preferia não fumar.

— Por quê? — perguntei.

Ele me fitou com olhos irresistíveis.

– Tive umas experiências ruins com maconha – respondeu.

Eu queria dizer algo bem canalha, como "Você está comigo, não vou deixar que nada de mal aconteça a você", bancando o sujeito mais velho que serve de figura paterna e protetora, mas me limitei a murmurar:

– Entendo.

Havia limites ao que se fazia por um par de olhos irresistíveis. E pares de olhos irresistíveis não eram assim tão raros.

O cigarro passou de mão em mão. A realidade começou a se alterar para mim: a noção espacial dos objetos e das pessoas. Quando eu fumava, sentia extrema dificuldade em conversar, porque perdia facilmente o fio da meada e esquecia o que havia acabado de dizer. Mas, felizmente, João e Tiago pareciam não sofrer desse mal e engataram um bate-papo animado com Bruno. Recostei-me no sofá e me permiti viajar. Tinha idéias geniais, que se perdiam no instante seguinte.

Volta e meia ganhava consciência de que estava introspectivo demais e tentava interagir com os rapazes, mas então novamente afundava naquele poço dos meus próprios pensamentos. Era bom, era relaxado, era devagar. Olhei para o espelho grande que havia na parede lateral e vi que eu era outro homem, quase um desconhecido. Ou antes: eu era o mesmo homem visto com um novo olhar, talvez mais isento.

Bruno continuava tomando cerveja e não parecia se importar com meu alheamento, com nossos olhares vazios. Possivelmente estava tão bêbado quanto estávamos chapados. Virou-se para mim e disse:

– Gosto de você.

Eu sorri, então comecei a rir cada vez mais intensamente e não conseguia parar. Era alguma coisa em seu tom de voz ou em seu olhar, mas aquilo logo se perdeu, e eu já não sabia do que ria. Vi Bruno se levantar do sofá e notei que João e Tiago também riam.

Quando finalmente consegui me controlar, tive lampejos de memória: Bruno dizendo que gostava de mim e depois se retirando da sala. Levantei-me e caminhei até o quarto, que se encontrava escuro, exceto pela luz fraca do abajur. Bruno estava deitado de costas na cama. Era tudo muito confuso, eu não conseguia ter uma idéia clara de nada, apenas pressentia um estado vago das coisas. Perguntei:

— Você está chateado?

— Não – respondeu ele. – Por que estaria?

Eu não me lembrava de por que ele estaria chateado. Deitei-me na cama, a seu lado, e fechei os olhos. Parecia flutuar.

Bruno começou a me contar sua experiência com maconha, desde as primeiras vezes, quando era divertido, até o dia em que imaginara a existência de uma malévola bolinha vermelha em seu corpo, depois o buraco negro onde se viu, a melancolia que o abateu durante dois dias seguidos, nos quais sentia medo de ficar sozinho e não conseguia encontrar razão para viver.

— Achei que fosse definitivo – disse ele –, que aquilo não acabaria nunca.

Eu o escutava tentando me manter atento, mas de vez em quando me sentia voando para outra esfera de realidade. Virei-me de bruços na cama, e sua voz parecia me embalar. Então senti uma espécie de aperto na cabeça, uma espécie de contração gostosa que ia da nuca ao topo da cabeça, repetidas vezes. Custei a entender que era a mão do Bruno.

Ele alisou meu cabelo, então desceu a mão por minhas costas, aos poucos suspendendo minha camisa. Virei-me para ele, e nos beijamos. Na minha viagem, era como se estivéssemos debaixo d'água, e nossos movimentos tinham a leveza e a sincronia de um balé aquático. Nada era sôfrego, desesperado. Era como se o tempo estivesse do nosso lado e no mundo não houvesse nada além do nosso corpo. Nada, nem mesmo essa idéia de que não havia nada além do nosso corpo.

Não sei como se passou, mas de súbito estávamos sem camisa, os abdomes colados um ao outro, os peitos esfregando-se com uma volúpia quase inocente. Eu tocava suas costas com as pontas dos dedos, sentindo a textura macia e lisa da pele. Ele apertava meu pau através do tecido grosso da calça, então se levantou para trancar a porta do quarto, e foi quando me dei conta de que não estávamos em minha casa, de que João e Tiago provavelmente se encontravam na sala.

— Vamos para a minha casa – disse eu.

Ele concordou. Nos vestimos e saímos. Tiago dormia no sofá e João fora embora. Consultei o relógio da parede e vi que eram quatro da manhã. Bruno acordou Tiago e disse que estávamos indo, pediu desculpas por ocupar o quarto. Os dois se abraçaram, e Tiago se despediu de mim com um sorriso.

A noite estava fria, e Bruno se encolheu um pouco, cruzando os braços. Senti o ímpeto de abraçá-lo, mas me contive. Tomamos um táxi em silêncio, subimos o elevador em silêncio, despimo-nos em silêncio e nos deitamos na cama. Havia gel e preservativos sobre a mesinha-de-cabeceira, o que me deixou surpreendentemente constrangido. Era como se a existência daquilo denunciasse uma vida sexual ativa intensa e condenável.

Bruno pegou uma das camisinhas e desenrolou-a no meu pau, então se sentou lentamente sobre mim e começou a se mexer devagar. Trepamos até a manhã e adormecemos.

7

Acordei ao som de risos e de uma conversa distante. Abri os olhos e vi que a cama estava vazia. As vozes vinham da sala, em tom amistoso: Bruno e uma mulher. Tentei prestar atenção à conversa, mas não conseguia ouvir direito, só me chegavam frases desconexas. Então a mulher falou de novo, e a ficha caiu pesadamente sobre minha cabeça. Bruno estava conversando com a minha mãe.

Levantei-me, ajeitei o quarto, escovei os dentes e tentei melhorar minha aparência, embora isso fosse difícil naquelas circunstâncias. Quando fui para a sala, minha mãe estava sentada à mesa, de frente para Bruno, tomando um café-da-manhã cuidadosamente disposto sobre a toalha azul.

Ela sorriu e disse:

– Antes tarde do que nunca.

Custei a entender que ela se referia à minha hora de levantar. Encolhi os ombros e falei:

– Então você já conheceu o Bruno.

– Um jovem muito simpático – avaliou ela –, que faz um café-da-manhã esplêndido.

Eu não sabia se minha mãe estava ofendida por ter sido recebida pelo suposto amante adolescente de seu filho quase quarentão, ou se gostara genuinamente de Bruno. Seu rosto não traía nenhum rancor, mas com a minha mãe nunca se sabia.

Era certo que, se aquilo tivesse acontecido quinze anos antes, ela não teria nem entrado no apartamento e provavelmente passaria alguns meses sem me dirigir a palavra. Mas o tempo fizera um excelente trabalho em torná-la mais receptiva, o que deve ser eufemismo para o velho "conformar-se". Eu não gostava de pensar na gradual aceitação dela como um tipo de conformismo, mas era difícil imaginá-la como qualquer outra coisa.

Bruno me fitava, descontraidamente:

— Aceita? — perguntou, suspendendo a xícara.

— Claro! — respondi.

Sentei-me à mesa e levei algum tempo tentando me decidir entre *croissants*, pãezinhos e salgados.

— Você chegou há muito tempo? — perguntei à minha mãe.

— Há umas duas horas.

— Você não acordava — explicou Bruno —, e atendi à porta.

Provei o *croissant*.

— Está uma delícia — falei, achando difícil lidar com aquela situação esquisita: eu, minha mãe e minha foda da noite anterior conversando amenidades.

— Como sua mãe estava com fome, desci à padaria para comprar algumas coisas — esclareceu Bruno.

— Ele foi muito cavalheiro — disse ela. — E fiquei sabendo que é seu estagiário.

Minha mãe me lançou um olhar que interpretei como fulminante.

— É, Bruno está trabalhando na revista — admiti.

— Acabei de começar — observou Bruno. — Estou adorando.

— Tenho certeza de que sim — respondeu minha mãe. — Você tem o mundo pela frente.

Essa última frase ela proferiu olhando para mim. Engasguei e tomei um pouco de café.

— Bruno é muito talentoso — falei, hesitante. — Vai longe.

Ele sorriu para mim e se levantou da mesa:

— Bem, está na minha hora, vou deixar vocês dois a sós — disse.

— Fique mais — pediu minha mãe. — Ainda é cedo.

— Realmente preciso ir — insistiu Bruno. — Mas foi um prazer.

Os dois se beijaram, e me levantei da cadeira para levá-lo à porta. Olhamo-nos, e ele perguntou:

— Você me liga?

Respondi que sim e voltei à mesa.

Minha mãe me fitava sem dizer nada. Perguntei como ela estava, mas a resposta foi lacônica:

— Bem.

Continuei comendo. Ela continuava me encarando. Por fim, disse:

— Veja lá o que vai fazer.

— Como assim? – perguntei.

— Ele gosta de você.

Era a primeira vez que minha mãe abordava o assunto tão diretamente, e me retraí. Não sabia o que era pior: o silêncio de antes, quando ela tudo sabia e nada manifestava, ou aquela súbita consultoria, com direito a advertências.

— É só um amigo – protestei.

— Não foi o que me pareceu – objetou ela. Então disse: – Ele é muito jovem.

— É só um amigo – repeti.

Quando terminei o café-da-manhã, levamos os pratos para a pia, e minha mãe começou a lavar a louça.

— Deixa isso aí – falei.

Mas de nada adiantou.

Escancarei as cortinas da sala, deixando entrar ainda mais a luz do dia. Retirei a toalha azul da mesa e botei sobre ela os dois velhos castiçais de prata. Ao voltar para a sala, minha mãe parecia ter retornado a seu antigo eu. Conversamos sobre a mudança de tia Adélia e a separação de Tobias. O que mais a preocupava em relação ao divórcio, embora ela jamais o admitisse, era o fato de que ficavam adiadas suas chances de ser avó.

Já no início da noite, ao se despedir de mim, minha mãe me olhou longamente e, como quem diz "Até logo", disse:

— Procure ser feliz.

Aos 15 anos eu tinha certeza de que, aos 40, eu seria aquele veado amargurado, solitário e venenoso, que mora num conjugado sombrio, coabitado por ratos e salamandras, entregue a depressões e crises nervosas, sem quem olhasse por mim. A idéia da bicha velha solitária sempre havia sido um fantasma em minha vida. Com terror, eu ouvia falar de homens mortos por garotos de programa e imaginava sua busca envergonhada de prazer.

Quando descobri os cinemas de pegação, via senhores muito velhos à procura de sexo e achava aquilo de uma tristeza assombrosa: a idéia de que o corpo se deteriora, mas a cabeça continua intacta. O desejo, a luxúria, esses impulsos não se tornavam menos nítidos, eram os mesmos de antes, embora o corpo arruinado reduzisse dramaticamente as possibilidades de reciprocidade. Ou seria preconceito meu?, eu me perguntava.

Agora eu estava na casa dos 40 e me descobria distante daquela terrível imagem estereotipada da adolescência, embora o fantasma continuasse a meu lado, apenas postergado para um futuro cada vez mais próximo. Quando não queria pensar no fato de que o desejo não abrandava com a idade, eu tentava me convencer de que os *interesses* mudavam, mas meus interesses também não haviam mudado tanto assim desde a juventude. Eu adorava literatura e cinema e gostava de música e teatro, como sempre, mas nada disso cancelava ou apaziguava minha vontade de foder. Era quase ridículo.

Numa noite de forte embriaguez, João e eu brincamos com a idéia de que precisaríamos fazer uma poupança para bancar nossas futuras trepadas. Ter dinheirinho reservado para o IPTU, o IPVA, possíveis eventualidades e fodas casuais. Sexo em domicílio: limpo, rápido e comercial, pago com Visa ou cheque cinco estrelas cruzado.

Eu sabia da minha imaturidade. Era tema recorrente em minhas sessões de análise, e Teresa tinha uma teoria para explicar a imaturidade de grande parte "dos homossexuais". Ela se devia à repressão na adolescência, quando os hormônios fervilham, os colegas começam a ter experiências, e o homossexual precisa não apenas se conter, mas se esconder. Todas as experiências que deveriam, então, ser vividas aos 13, 15 e 17 anos eram vividas aos 20 e poucos, e isso de alguma forma nos marcava para sempre.

Eu olhava à volta e via que não estava só: eram muitos adolescentes de meia-idade querendo recuperar o tempo gasto no espaço sufocante do armário. Mas também tinha consciência do avanço da História e do fato de que as coisas pareciam mudar. Quando deparava com verdadeiros meninos já "assumidos" – essa palavra que não me desce bem –, namorando ou à procura de diversão com amigos, eu vislumbrava um prenúncio possível de futuro. Confesso, porém, que isso me dava alguma inveja. E não acredito em "inveja boa".

Passei a tarde inteira do domingo lendo o livro de minicontos que havia comprado. Eram textos muito curtos, de meia página, que não raro traziam no fim uma novidade ou uma explicação que nos obrigava a lê-los novamente. Eu gostava porque eram despretensiosos, e gosto do que é despretensioso, além de serem um pouco chulos. Inspirado no tom do livro, escrevi dois minicontos no caderno onde costumava rabiscar bobagens quando sentia vontade de escrever:

CARNAVAL

Odalisca vem faceira, confete, serpentina, mais decote que tecido, mãos para cima, foliã. Pierrô faz que não viu, desconversa, nem sorriso, passa trenzinho, ali se enfia, Olerê-olará. Sente mãos na cintura, olha para trás, não titubeia: empina a bunda e se cola ao marinheiro.

FETICHE

Dia de sol, família reunida, a belezura do tio já alto, dúzia e meia de cervejas, de um lado para outro, só calção azul, pernas grossas, tronco liso, entra na sauna, dorme fundo de roncar, acorda pelado, calção azul ninguém viu, acham graça, depois de horas o sobrinho sai do quarto.

À noite, meu irmão telefonou, querendo conversar. E aceitei o convite de ir à sua casa. Tobias me recebeu com surpreendente efusão, e quase me senti culpado por não o ter procurado durante aquele período arrastado de separação. O apartamento estava impecável como sempre, o que significava que Marília ainda não havia se mudado dali. Talvez estivesse apenas passando o dia fora.

– Como é que você está? – perguntei, quando finalmente nos sentamos de frente um para o outro, em torno da mesinha de centro.

Ele esfregou os olhos.

— Mais ou menos. Marília vai se mudar esta semana.
— Tentou conversar com ela?

Era uma pergunta idiota. Eles provavelmente não faziam outra coisa desde o dia em que ela descobriu que o marido vinha mantendo um caso extraconjugal.

— Tentei — respondeu Tobias. — Mas ela não quer saber de explicação.

— Traição é complicado. Ela perdeu a confiança em você.
— Eu sei, eu sei — disse ele. — Mas...
— Você já terminou com a outra? — perguntei.
— Já, aquilo foi uma bobagem — garantiu Tobias — Não teve nenhuma importância para mim, era só sexo, e nem o sexo era lá essas coisas.
— Então por quê? — perguntei.

Ele ergueu os braços.

— Você sabe como é homem — falou. — Bate aquela vontade de uma coisa diferente...
— Eu sei.

Eu sabia. Sabia da vontade que começa a bater depois de um tempo de relação. Não é necessidade de alguém mais bonito, mais gostoso ou interessante, e pode mesmo ser alguém sem nenhuma dessas qualidades. Basta ser diferente. Só não me parecia que aquele fosse um desejo exclusivo do homem.

Tobias desviou o olhar, e senti pena genuína dele, de nós, do mundo. Éramos tão paradoxais, tão complexos, tão confusos, tínhamos necessidades tão díspares e a todo custo tentávamos nos moldar às necessidades díspares do outro. Estávamos fadados ao fracasso e sofríamos. Esse querer do amor romântico, esse querer do sexo casual, esse querer de fidelidade, de liberdade, esses quereres que não se casavam na dança de quereres.

— Você bem poderia conversar com ela — sugeriu Tobias.
— Eu? — surpreendi-me. — Conversar o quê?
— Não sei, você tem mais tato e passou por uma experiência parecida.
— Como assim? — espantei-me.
— Também foi traído — explicou ele. — Mas continuou o relacionamento.

— E foi uma merda da qual me arrependo até hoje.
— Isso não importa – insistiu ele. – Com ela vai ser diferente.
— A falta de confiança vai ser a mesma.

Tobias me encarou, com ar de súplica. Levantou-se e pegou um pedaço de papel sobre a televisão. Era o número do celular da Marília.

— Por que está tão certo de que vou fazer isso? – perguntei.
— Porque você é minha última esperança. A Marília sempre ouviu muito o que você dizia.

Meu irmão não era exatamente bonito, mas sua masculinidade seduzia. Na única vez em que me acompanhara a uma boate gay, recebera dezenas de olhares cobiçosos. Apesar do corpo atlético, vigoroso, naquele momento parecia-me de uma fragilidade terrível.

— Você lembra – perguntou ele – que ela conversou com você na época?
— Que época?
— Na época em que você descobriu a traição do Rodrigo. Ela foi uma das pessoas que tentaram convencer você a relevar tudo.

O problema maior da traição é a descoberta dela. Quando soube do caso paralelo que Rodrigo vinha mantendo com um rapaz do Sul, eu mesmo já o havia chifrado algumas vezes, mas sempre com o maior cuidado possível. Não gosto de pensar que a traição se faz necessária a certa altura de qualquer relacionamento, mas, se vamos trair, que pelo menos traiamos decentemente. Eu costumava dizer que quem trai com cuidado também vai para o Céu.

Terrível era deixar rastros, não ter a nobreza de esconder o lixo, não preservar a relação sobre todas as coisas. E com isso destruir a idéia vaga de que "com a gente é diferente", de que somos os escolhidos entre tantos casais desencontrados. Com a descoberta da traição, a confiança se esvai e surge o rancor.

— Não garanto nada. Não vou mentir para ela, dizendo que vai ficar tudo bem.

Ele assentiu.

— Só converse com ela. Diga que a amo, que...
— O que é o amor? – cortei-o.

Tobias me olhou, espantado.

— É querer estar junto.

8

Quando revi Bruno na redação, eu estava com o humor estranho, facilmente irritável. Poucas horas antes, na academia, tudo correra bem, e eu havia malhado com força dobrada ao incentivo indireto de um novato de corpo escultural que volta e meia levantava a camiseta verde para conferir os gomos do abdome no espelho. Puro tesão de autoconsumo.

Mas, quando cheguei ao trabalho, sentia-me descendo da montanha-russa emocional em que geralmente me encontrava – eu e meus brinquedos internos – em alta velocidade, estando agora naquele buraco onde nada parece ter muita graça.

Bruno surgiu em minha baia, sorrindo.

– Você não telefonou! – disse.

Olhei para ele com ar grave. Num lampejo, vieram-me as recomendações da minha mãe: "Veja lá o que vai fazer", "Ele gosta de você". Eu não queria amarras nem as responsabilidades que elas traziam.

– Tive problemas – falei, rispidamente.

– Algo em que eu possa ajudar?

– Não – respondi, estendendo duas folhas de papel. – Você pode fazer esta revisão, por favor?

Ele pegou o texto e se retirou.

Na reunião de pauta, não ofereci nenhuma contribuição e ainda vetava sugestões alheias. Luíza me chamou de lado e disse:

– Segure sua onda.

Pedi licença e fui tomar um pouco de café. Quando voltei, a maior parte das matérias já havia sido definida. Limitei-me a ouvir as recomendações do editor-chefe, desejando antecipar o tempo para a volta de Carlos, que ocorreria três dias depois, quando eu poderia enfim voltar à minha função exclusiva de redator.

À tarde, telefonei para Marília. Ela não se mostrou surpresa pela ligação, apenas perguntou:

– Foi o Tobias que pediu?

– Foi – respondi. – Ele está desesperado, quer que a gente converse.

Combinamos de nos encontrar em um restaurante às 20h.

Às 20h, cheguei ao restaurante, e Marília já tomava um suco de laranja. Beijamo-nos com alguma alegria, e ela elogiou minha forma. Falei que ela estava linda. O garçom surgiu com os cardápios e pedi uma água. Dávamos a idéia de velhos amigos em confraternização de fim de ano. De modo algum parecia que um de nós se achava com o coração em cacos.

– Deixo o apartamento na quinta-feira – anunciou Marília, abrindo o assunto da ordem do dia.

– Eu soube. Tem certeza de que é isso que você quer?

– Tenho, Pedro, esse último mês foi um inferno – respondeu ela. – Não sei lidar com isso que surgiu entre nós.

Eu sabia do que ela estava falando, de maneira nenhuma a reprovava.

– Entendo – admiti.

Marília me encarou por alguns instantes.

– Acha que valeu a pena ter ficado com o Rodrigo depois daquele incidente? – perguntou.

Adorei "aquele incidente", eliminava todo o drama que o episódio carregava.

– Não – respondi. – Não valeu a pena.

– E como pretende me convencer a continuar com o Tobias?

Levantei as mãos, como se não tivesse resposta para aquilo.

– Cada caso é um caso. Vocês têm uma história linda juntos.

Marília fechou os olhos, sacudiu a cabeça e olhou para mim.

– Não foi uma boa idéia eu ter vindo – decidiu, pegando a bolsa e acenando para o garçom. – Não agüento mais as pessoas me dizendo que estou cometendo um erro. Minha mãe não entende, minhas amigas acham que estou exagerando, meu pai foi o único a me dar algum apoio, por mais tácito que fosse esse apoio. Ei, eu sou a vítima aqui!

– Não estou dizendo que não seja – objetei, quando o garçom se aproximava da mesa. – Por favor, fique mais um pouco – pedi a ela, segurando levemente seu pulso.

Ela me fitou, os olhos rasos d'água. Pedi ao garçom nosso *couvert*, e Marília se recompôs.

– Eu tentei, Pedro. Passei um mês tentando digerir a idéia, aceitar isso como uma coisa natural, mas não consigo. Para mim, não é natural. Devo ser mais romântica ou possessiva do que a média das pessoas, mas sou assim. – Ela se interrompeu por um instante, então perguntou: – Acha que sou infantil?

– Não, não acho que você seja infantil.

Comemos o *couvert* e pedimos o prato principal. O assunto se desviou, o que acabou sendo um alívio para nós dois. Em uma das mesas à frente, um homem de seus 30 anos parecia olhar fixamente para mim. Tentei me concentrar na conversa com Marília, mas o olhar dele me atraía como ímã.

Quando terminamos o jantar, o homem continuava em sua mesa, tomando vinho. Falei que gostaria de ficar mais um pouco no restaurante, para pensar na vida. Marília não se importou. Antes de sair, disse:

– Vamos manter contato.

– Claro – respondi. – Vamos, sim.

Ao atravessar o vão da porta, ela olhou para trás e acenou. Retribuí o aceno, tomei o resto de minha água e encarei o homem da mesa à frente. Levantei-me e fui ao banheiro.

Alguns minutos depois, ele chegava. Olhamo-nos rapidamente, então ele indicou um dos reservados, e entramos. Abriu minha braguilha e começou a me chupar. Eu estava tenso, e meu pau não reagia, mas o homem insistiu: olhava para mim enquanto tentava me excitar, lambendo-me avidamente.

Quando comecei afinal a relaxar, era como se acordasse de repente naquele cubículo, com aquele desconhecido ajoelhado entre minhas pernas, o que me parecia ao mesmo tempo estimulante e triste. Na hora da despedida, ele me olhou com um sorriso sacana e disse:

— Você não se lembra de mim, não é?

Tentei localizá-lo em algum lugar de minha memória.

— Não — respondi.

— Pouco tempo atrás, no Parque — esclareceu ele.

Antes de sair do banheiro, lavou a boca e estendeu um cartão de visita.

— Quando quiser, telefone — disse.

Apertamos as mãos como se fôssemos homens de negócios que acabassem de fechar uma transação.

Eu tinha a teoria de que são dois os males do sexo anônimo.

O primeiro acontece apenas quando nossa carência não se restringe à sexual, mas é também afetiva, emocional, e buscamos nesses encontros mais do que o prazer rápido e animalesco que eles são capazes de oferecer. Quem quer namorado deve procurá-lo em outros locais, sob outras circunstâncias, porque aqui não é lugar para afagos & promessas. Troca de telefones vale, mas raramente rende frutos.

O segundo mal do sexo anônimo é o mal de todo sexo na atualidade: o fantasma da aids, que parece ainda maior quando não temos parceiros fixos e deixamos ao acaso nossa trepada do dia. Para esse mal, há os meios já sabidos de prevenção, mas fica sempre aquele temor ligeiramente consciente de que nada é assim tão seguro, aquela sensação azeda de roleta-russa.

Do primeiro mal eu não sofria e, para o segundo, já havia criado mecanismos eficazes de defesa. Então eu não conseguia entender o desalento que caiu sobre mim naquele banheiro de restaurante, enquanto segurava o cartão de visita de Felipe Motta, médico pediatra e chupador profissional. De repente, eu parecia o adolescente que descobre uma vida nova de possibilidades libidinosas e sofre com cada adeus, porque se imagina especial demais para ser abandonado depois do sexo.

Eu experimentava a fundo o abandono, esse sentimento do qual havia mais ou menos me livrado muitos anos antes e que, desde então, jamais me acometera tão intensamente. Virei-me para o espelho, e foi ainda pior ver aquela imagem patética: eu, um cartão de visita na mão, uma pequena mancha na calça, o olhar atônito.

Um senhor entrou no banheiro, obrigando-me a deixar o estado letárgico em que me encontrava. Guardei o cartão, lavei as mãos e o rosto. Saí dali com o pensamento fixo de chegar em casa. Caminhava pelas ruas como se estivesse desprotegido, como se pudessem entrever minhas vísceras. Aquele mundo povoado de rostos desconhecidos que tanto me fascinava, aquele mesmo mundo agora me deixava no peito um grito sufocado de susto. Eu não queria participar dele, preferia antes me recolher ao espaço velado do meu apartamento.

Em casa, sentei-me no sofá com uma lata de cerveja, estudando a tela de Hopper na parede. Então meus olhos se voltaram para a secretária eletrônica e vi que não havia mensagens. Liguei a televisão e abaixei ao máximo o volume, deixando apenas as imagens invadirem a sala, mas as imagens não me diziam nada. Eram imagens que não tinham relação nenhuma comigo, que não falavam de mim, nem para mim. Eu era apenas um espectador por tabela.

Tirei as roupas, largando-as no chão, e me demorei olhando a mancha de porra seca que havia no cós da cueca. Caminhei até o banheiro e tomei uma chuveirada, depois liguei o ar-condicionado do quarto e peguei dois cobertores grossos no armário. Deitei-me debaixo deles, apaguei a luz do abajur, fechei os olhos e procurei pensar que tudo ficaria bem, que amanhã era um novo dia e que aquele desconforto logo passaria.

9

Tudo passa.

Na infância e na adolescência, eu morria de medo do sobrenatural. Sentia verdadeiro pânico de ficar sozinho, "sentia" sempre uma presença a meu lado e, para piorar as coisas, uma empregada nossa dizia que aquilo acontecia porque eu era médium, o que significava que teria de acabar deixando espíritos entrarem em meu corpo para poder viver em paz.

Nós morávamos num apartamento antigo, que tinha pé-direito alto e cômodos amplos. Eu e Tobias tínhamos quartos separados, mas, a contragosto dos meus pais e do meu irmão, toda noite eu arrastava um colchonete para o quarto dele e só ali conseguia dormir. Quando me obrigavam a passar a noite em meu quarto, eu pedia para deixarem a luz do corredor acesa e lutava em silêncio contra o medo. Mas, quando finalmente dormia, tinha pesadelos terríveis e acordava a casa inteira com meus gritos.

Esse suplício se estendeu até os 17 anos, e eu tinha certeza de que o medo não acabaria nunca, de que era algo intrinsecamente meu, com o qual eu teria de lidar pelo resto da vida. Mas acabou. Passou. Porque tudo passa. (O que, dependendo do caso, pode ser um alento ou um infortúnio.)

Nessa época, Tobias e eu éramos muito próximos. Jogávamos vôlei, andávamos de bicicleta, viajávamos para a casa dos nossos tios e saíamos com meninas. Nossa diferença básica era o ardor por essas saídas, quando eu me limitava a segui-lo, em seu entusiasmo cego. Depois ele e os amigos conversavam sobre o que faziam com as garotas, e eu ficava excitado pensando em seus corpos vigorosos entregues à ação sexual.

Meu maior medo era decepcionar Tobias. Como irmão mais novo, buscava sobretudo sua aprovação e tentava me igualar a ele, ser um igual. Jamais me passava pela cabeça revelar minha sexualidade, e eu também tinha certeza de que isso nunca ocorreria. Não sabia que a vida tem um jeito muito especial de se encarregar das coisas que se encontram por fazer. Um dia, o inusitado acontece: nossas prioridades mudam.

Quando conheci Rodrigo, tínhamos 21 anos, e eu nunca estivera com outro homem. Fomos apresentados por um amigo em comum, numa festa. Quando bati os olhos nele, gostei do que vi, e, aos poucos, fui notando que sua atenção às garotas não era igual à dos outros rapazes. Os outros rapazes as fitavam com alguma intenção facilmente detectável, mas Rodrigo parecia transparente em sua ausência de desejo.

Aproximei-me num passo de extrema ousadia, decerto em razão de já ter tomado algumas cervejas. Abordei-o casualmente e começamos a conversar. Ele era sem dúvida mais interessante do que eu, sabia falar sobre tudo, ao passo que eu era ainda um simulacro malfeito dos meninos heterossexuais, arriscando opiniões de terceiros sobre futebol e mulheres.

Rodrigo já havia namorado um homem mais velho, durante dois anos, então se sentia mais à vontade do que eu naquela troca óbvia de olhares e insinuações. Mas eu agia com hesitação, dando dois passos adiante e três atrás. Em alguma medida, era como se não estivesse consciente do que acontecia.

Foi só quando ele pôs a mão em minha mão e disse "Vem", puxando-me para um quarto do andar superior da casa, que qualquer possibilidade de evasivas se dissipou. Agora éramos só nós dois na penumbra do quarto.

Ele disse:

– Você me tira do sério.

E achei engraçada aquela expressão, dita na escuridão do quarto, então comecei a rir um riso nervoso. Mas ele colou a boca em minha boca, engolindo meu riso. E começamos a nos beijar, de pé, meu corpo encostado à parede, os sexos duros esfregando-se, as mãos vorazes à procura de pele por baixo da camisa.

Era tudo ao mesmo tempo novo e antigo: era um sabor novo, um hálito novo, mas ao mesmo tempo conhecido, daquele remoto terreno da fantasia. Pela primeira vez, estando junto de alguém, eu me sentia em meu devido lugar. Era como se, depois de percorrer terras estrangeiras, eu chegasse enfim a meu país, sem jamais ter pisado nele antes, exilado que estivera desde o nascimento.

Começamos a nos encontrar regularmente. Eu só pensava em Rodrigo. Em seu corpo, em suas idéias sobre o mundo, em sua maneira de encarar as adversidades, em seu destemor. Ele já havia contado aos pais sobre sua homossexualidade, e tudo correra bem. Depois do choque inicial, ambos aceitaram o fato. E aquilo me dava cada vez mais forças para fazer o mesmo.

Em uma tarde de sexta-feira, quando minha mãe e eu estávamos sozinhos em casa e o Tobias tinha viajado, decidi contar a ela. Achei que minha mãe seria compreensiva. Mas estava enganado.

Vi seus olhos se anuviarem, a face se contrair como se ela acabasse de levar um soco no estômago. Primeiro não houve lágrimas. Era um choro seco, como se a notícia tivesse chegado às feições do rosto, mas não à sua mente. Ela me fitava com um misto de ódio e piedade. Olhava para mim e perguntava:

– O que vai ser agora?

Eu tentava argumentar, explicando que sempre fora assim, apenas escondera deles e até de mim mesmo, que estava feliz, que aquele não era o fim do mundo e eu era o mesmo filho de sempre. Mas ela apenas me encarava e perguntava:

– O que vai ser agora?

Quando meu pai chegou em casa, eu já tinha perdido toda a vontade de levar aquilo adiante, mas então minha mãe arrancou forças não sei de onde e começou a agir histericamente, ordenando-me aos berros que lhe contasse.

– O que está acontecendo? – quis saber ele.

– Pergunte a seu filho – disse minha mãe. – Pergunte a ele o que está acontecendo.

Eu me sentia incapaz, não conseguia sequer abrir a boca. Sempre mantivera certa distância do meu pai, e nós dois sempre fôramos apenas cordiais um com o outro, mas eu até poderia ter lhe contado aquilo sob outras circunstâncias. Ali, porém, tendo acabado de me decepcionar terrivelmente com a reação da minha mãe, que, enfurecida, voltava-se contra mim, limitei-me a baixar os olhos.

— O que está acontecendo? — repetiu meu pai, sério.

Com um gemido gutural, minha mãe respondeu:

— Seu filho é gay.

Não sei qual foi a primeira reação do meu pai, porque eu mantinha os olhos baixos. Passaram-se alguns minutos em que só se ouvia o choro convulsivo da minha mãe, então senti a mão do meu pai em minha cabeça. Ele afagou meu cabelo sem nada dizer e caminhou até onde ela estava.

— Não é o fim do mundo — disse — Vamos entrar.

E os dois se retiraram para o quarto.

Desse dia em diante, minha mãe nunca mais me olhou com os mesmos olhos. Havia sempre uma ponta de reprovação em sua maneira de falar comigo, e tudo aquilo que antes fazia de mim uma pessoa singular agora me tornava uma aberração. Durante meu relacionamento com o Rodrigo, ela jamais perguntava como estávamos, e, quando rompemos, embora ela me encontrasse triste nas ocasiões em que nos víamos, nunca procurava saber o motivo.

Com meu pai, as coisas não mudaram em nada. Continuamos sendo meramente cordiais um com o outro.

Tobias ficou sabendo pela minha mãe o que se passara durante sua ausência. Quando cheguei em casa aquele dia, ele se sentou na minha cama e disse:

— Acho que a gente precisa conversar.

Sentei-me de frente para ele, mas ele parecia não saber o que dizer. Depois de algum tempo, perguntou:

— Desde quando você sabe que é assim?

— Desde pequeno — respondi.

— E por que nunca me contou?

— Porque você não gostaria de saber. Gostaria?

Ele desviou o olhar.

— Seria melhor ter ouvido de você — disse, afinal.

— Está decepcionado? — perguntei.

— Triste — respondeu ele.

10

Os dias seguintes transcorreram sem surpresas. Carlos retornou ao trabalho, eu voltei a meu antigo posto, Marília abandonou Tobias, tia Adélia se mudou para o apartamento da minha mãe, e Bruno começou a manter comigo uma bem-vinda relação estritamente profissional. Com Teresa, eu às vezes fazia longos silêncios, então desatava a falar de histórias alheias, o que a obrigava a ser dura comigo.

Repito: eu sabia da minha imaturidade.

Aqueles dias passavam em estado de leve apreensão: era como se algo estivesse sempre prestes a acontecer, uma sensação estranha de inquietude, de intranquilidade ansiosa.

Nem sempre eu me encontrava disposto a malhar, mas procurava me esforçar comprando revistas de nu masculino que traziam jovens de invejáveis peitos, braços e ombros. Colava na geladeira a fotografia de algum garoto de abdome-tanque e me propunha a ser igual.

Mas minha libido mesmo não se encontrava em sua melhor fase. Eu passava dias sem pensar em sexo, recusava convites de caras com quem eventualmente trepava e passava muito menos tempo jogando conversa fora em salas de bate-papo.

Uma noite, sonhei que era um cachorro caminhando pelas ruas de uma cidade desconhecida. Só parava quando alguém me chamava para comer, então saía novamente em minha caminhada sem fim. Acordei de súbito, o coração apertado, como se tivesse sofrido uma revelação. Então adormeci outra vez e despertei apenas com a lembrança nítida do sonho. Contei a Teresa, que se manteve muda.

Num fim de semana de dias quentes e noites estreladas, João me convidou para ir a uma megafesta à qual, ele me garantia, a cidade inteira compareceria. Argumentei que encontrar a cidade inteira em uma noite de sábado não era minha idéia de diversão, mas ele insistiu: já tinha comprado nossos ingressos e nossas "balas", que eram comprimidos de *ecstasy*. E me senti obrigado a aceitar.

Encontramo-nos em meu apartamento, às 23h. Eu estava cansado, ainda não havia nem pensado na produção da noite. Mas ele abriu meu armário, retirou dali uma camiseta e uma calça e disse:

— Vista.

Obedeci. Ele foi à cozinha e voltou com dois copos grandes de Gatorade. Segundo seus cálculos, já deveríamos ter tomado as cápsulas de vitamina E que serviam não sei exatamente para quê. Mas ele tomou a vitamina e pediu que eu também tomasse.

Fizemos hora na sala, conversando sobre cinema, literatura e sexo, quando João disse:

— Sabe que às vezes eu tenho realmente vontade de encontrar alguém para valer? — Fitou o copo de Gatorade, então voltou a me encarar. — Vontade de abrir mão dessa liberdade que às vezes me parece meio sem sentido, entende?

Não respondi. Ele olhou para mim como se despertasse de uma espécie de transe e abriu um sorriso triste.

— Não ligue para mim — disse. — Isso é só porque hoje faz sete anos que o Tales morreu.

Procurei o que dizer, mas não achei nada. Consegui perguntar:

— Sente saudade dele?

— Muita.

Era uma das poucas vezes em que eu o via em seu tamanho real. Geralmente, a animação de João, a intensidade com que lidava com as coisas do mundo, faziam dele um pequeno gigante. Era difícil ver nele a fragilidade que agora se expunha como expomos o corpo a um exame médico, desprovido de subterfúgios.

— É saudade dele — continuou João. — Mas também daquilo que a gente tinha: nossa cama, nosso quarto, nossos programas de domingo.

Ele sacudiu a cabeça e se levantou, como se tentasse afastar um inseto irritante.

– Ah, não me deixe entrar nessa onda, porque é furada – disse – Daqui a pouco, vou estar falando em afinidades eletivas e caras-metades.

Deixou o copo sobre a mesinha de centro e foi ao banheiro. Vagueei os olhos pela sala, até me deter na tela de Hopper: o olhar da mulher, o vazio. Do banheiro, vinha apenas o ruído de água na pia. E imaginei João ali dentro, talvez chorando de frente para o espelho. Quis bater à porta, perguntar se estava tudo bem, mas era inútil. Ele não estava bem.

Saiu com os olhos vermelhos e pediu desculpas "pelo climão". Então se sentou novamente de frente para mim e disse:

– Sabe que às vezes eu me sinto um sobrevivente? Quando estou em uma dessas festas, por exemplo, olho aquela massa de gente e me sinto um sobrevivente. É engraçado.

Ele se deteve por um instante, o olhar perdido como se entrevendo a multidão na festa ou talvez uma das muitas agonias da queda progressiva de Tales: a perda de visão, a perda de controle intestinal, a perda da noção de realidade, até a perda final, do batimento cardíaco, essa ponte que nos liga ao mundo dos mortos.

João se mantivera ao lado de Tales durante todo o desenvolvimento da doença. Desde o resultado positivo de um teste realizado por causa de uma sinusite prolongada, até a noite em que o corpo magro e suado de Tales finalmente serenou sobre o leito do hospital. Só depois da morte do namorado juntou forças para realizar o próprio exame de sangue. Telefonou para um médico que havia tratado de Tales e perguntou se ele poderia lhe dar o pedido.

O médico cuidou de todos os procedimentos e, dez dias depois, telefonava para ele com o resultado. João estava no trabalho e começou a chorar compulsivamente quando ouviu o médico afirmar que o resultado era negativo.

– É horrível dizer isso – admitira ele na noite em que me contou toda a história –, mas chorei mais nesse dia do que no dia da morte de Tales.

Agora ele me fitava com um olhar indecifrável. Levantou-se do sofá e começou a vasculhar a mochila.

Perguntei:

– Não é melhor a gente desistir da festa e ficar aqui?

João me olhou como se eu tivesse dito alguma blasfêmia.

— Enlouqueceu? — perguntou, finalmente me estendendo a caixinha de comprimidos. — Tome o primeiro da noite.

Chegamos à festa à 1h e demoramos algum tempo para estacionar o carro. Havia várias filas para compra de ingressos e diversas filas de entrada. Metemo-nos em uma dessas e esperamos com paciência. Era 1h45 quando passamos afinal pela roleta, e a essa altura já sentíamos os comandos das balas. Dançamos incessantemente, até João me chamar para irmos ao bar, onde compramos água e deparamos com Bruno e Tiago.

Cumprimentamo-nos, conversamos rapidamente sobre nada e voltamos os quatro para a pista. Tiago tirou a camisa, revelando o torso magro e liso. Então João fez o mesmo, seguido por Bruno e por mim. Era gostoso "sentir" a música com amigos. João se inclinou para mim e disse:

— Adoro você, cara.

— Também adoro você — falei.

Então ele pôs mais um comprimido em minha boca, e engoli-o com a água gelada que volta e meia bebia.

Um garoto ruivo começou a dançar com Bruno, e logo os dois se abraçavam. Era sensual, mas tive de admitir que estava com ciúme, sentimentozinho cretino de posse.

— Adoro você, cara — falei no ouvido de Bruno, talvez como última cartada, talvez como mero reflexo do que me dissera João pouco tempo antes.

Também não era à toa que *ecstasy* era chamada a droga do amor: ficávamos irremediavelmente apaixonados por tudo. Recém-conhecidos viravam melhores amigos.

Bruno se virou para mim, ficando de costas para o garoto ruivo. E começamos a nos abraçar. O garoto ruivo passava as mãos em meus braços, colado às costas de Bruno, e o tesão daquilo agora já ultrapassava qualquer possível ímpeto meu de ciúme. Beijamo-nos os três, simultaneamente. Nossos corpos molhados de suor se roçavam, e não existia nada além daquilo.

Quando olhei afinal para o lado, vi que João dançava com outro homem. Tiago havia desaparecido. Olhei para cima, e as luzes prendiam minha atenção, em sua dança de raios coloridos. O garoto ruivo nos convidou a seu apartamento. Mas Bruno declinou o convite, despedindo-se dele e me puxando para o outro lado da pista.

– Vamos embora – falou.

Telefonei para o celular de João e deixei uma mensagem dizendo que já tinha ido para casa. Do lado de fora, ainda havia pessoas chegando à festa. Bruno entrou no primeiro carro da fila de táxis e informou meu endereço ao motorista.

A noite estava quente. Abri a janela e deixei o vento entrar, agitando os cabelos castanhos de Bruno. Era bom fechar os olhos e sentir apenas a corrente de ar e a velocidade do automóvel. Olhei o céu estrelado e não me senti minúsculo diante da grandeza do universo: eu me sentia enorme; poderia, se quisesse, alcançar com as mãos as estrelas.

Chegamos em casa ainda sob efeito das balas. Despimo-nos afoitamente sobre a cama e demos continuidade às carícias que havíamos iniciado no meio da pista, com o garoto ruivo de quem talvez jamais viéssemos a saber o nome.

Depois do sexo, peguei uma toalha limpa para Bruno e esperei ele tomar banho, então tomei eu próprio um banho rápido de água gelada. Encontrei-o na sala, enrolado na toalha.

– Esqueci minha roupa no banheiro – disse ele, parecendo se desculpar.

– Não quer comer alguma coisa aqui perto antes de ir embora? – perguntei. – Estou morrendo de fome.

Ele pareceu pensar por algum tempo e respondeu:

– É, acho que também estou com fome.

Ofereci-lhe roupas limpas. Vesti bermuda e camiseta, calcei chinelos e botei óculos escuros. A manhã estava clara e prometia um belo dia de praia. Atravessamos duas quadras até a confeitaria sofisticada com clima europeu onde eu não entrava havia tempos. Sentamo-nos a uma mesa próxima à janela e pedimos café colonial. Parecíamos um civilizado casal de amantes em férias.

– Por que você tem me tratado desse jeito? – perguntou Bruno, à queima-roupa.

– De que jeito? – indaguei, espantado.

– Com distância. Como se mal nos conhecêssemos.

— Não é isso – esquivei-me. – É a correria do dia-a-dia.

Bruno me fulminou com seus grandes olhos castanhos.

— Vamos falar sério – pediu, no tom que usa o adulto com a criança. – Não é a correria do dia-a-dia.

Pensei no que dizer, mas não me ocorria nada.

— Não sei lidar com você – falei, afinal.

— Como assim, lidar comigo?

— Com suas necessidades, essa pressão – arrisquei.

— Que pressão? – surpreendeu-se ele. – Nunca botei pressão em você. Só queria conhecer você melhor, mas não tinha importância se tudo não passasse daquela primeira transa.

Eu não queria ter essa conversa. Estava quase arrependido de tê-lo convidado para tomar café.

— Não sei lidar com necessidades minhas que você desperta – apanhei-me dizendo.

Bruno pareceu não entender. Eu próprio não entendia.

— Que necessidades?

O garçom chegou com nosso pedido: *croissants*, frios, pastas e torradas. Eu estudava a comida sabendo que os olhos de Bruno se encontravam cravados em mim. Era agonizante.

— Você gosta de mim? – perguntou ele.

Ao desavisado que passasse por nossa mesa naquele instante, a pergunta poderia parecer alguma manifestação de carência, mas ela era o mero desejo de constatação.

— Gosto – respondi, olhando nos olhos dele. – Gosto de você.

Dois

Mãos se tocam.
Bocas alquebradas.
Portais se abrindo.
E ambos saltam.
No escuro.
Juntos.

E de repente é dia.

Fernando Pessoa

1

Depois que admiti para Bruno e principalmente para mim mesmo que gostava dele, foi como se eu abrisse as janelas de uma casa havia muito tempo fechada e deixasse entrar luz do sol e ar fresco. Permiti-me gastar tempo pensando nele sem nenhum intuito meramente sexual e me deixei encher de uma coisa intangível que parecia um contentamento tolo. Era bom estar com Bruno.

E, por mais absurdo que fosse, parecia-me inédita a sensação profunda de querer quase obsessivamente apenas isso. Inédito conhecer alguém que fosse enfim uma resposta a qualquer possível prece feita a um Santo Antônio esquecido.

Em poucos dias, era como se aquele meu eu anterior fizesse parte de um passado distante, e desde sempre eu fosse aquela pessoa que amava e era amada. Não havia sequer a vontade de buscar outros corpos. Eu via homens bonitos na rua e virava a cabeça para admirá-los, mas essa admiração não se transformava num desejo concreto. Eu queria Bruno, e ele me queria. Era fácil. Era assustador. E era pra valer.

Os dias passavam, as semanas, os meses. Descobri que Bruno escrevia poesia e pedi para ler. Depois de alguma relutância, numa sexta-feira chuvosa, ele apareceu na redação com um caderno de capa de couro cru. Encarou-me durante algum tempo e disse:

– Aqui está.

Talvez eu tivesse pedido para ver os poemas por educação ou mesmo por uma curiosidade súbita, mas, tão logo peguei o caderno, entendi que era um erro. Temia profundamente me decepcionar. Sorri para ele e agradeci. Mas pelo resto do dia não consegui mais me concentrar no trabalho, com a presença do caderno em minha mesa.

À noite, antes de sair para encontrá-lo num restaurante, tomei coragem e li o primeiro poema. Era curto, bonito, despretensioso. E me repreendi por ficar tão nervoso à toa. Com mais calma, acendi o abajur da mesinha-de-cabeceira e me recostei na cama para ler outros. Entre eles, alguns de que gostei muito:

(DES)FUSO HORÁRIO

Nos nossos planos
estou sempre adiantado.

E:

DESESPERO ou CONSULTANDO O RELÓGIO ENQUANTO ELE NÃO VEM

23:00
23:30
23:35
23:37
23:37
23:37
23:37

E:

Corto o pulso
com o espinho da rosa
que comprei na feira.

A rosa
nem fica sabendo.

Os poemas pareciam me levar para ainda mais perto de Bruno, e meu sentimento transbordava. Segurei com força o caderno, sentindo-me um felizardo. Eu o havia encontrado e ficaríamos juntos. Levantei-me de pronto, conferi minha imagem no espelho e saí correndo de casa.

No restaurante, enquanto conversávamos, eu não conseguia parar de pensar na sorte de tê-lo achado, na sorte de ser desejado por ele. Antes que nossos pratos chegassem, num impulso, falei:

– Eu queria morar com você.

Ele se mostrou surpreso, mas não conseguia parar de sorrir. Ficamos assim, sorrindo um para o outro, irrecuperavelmente infantis, até ele perguntar:

– Eu me mudaria para a sua casa?

– Hum-hum – respondi.

Bruno parecia um menino prestes a fazer uma travessura. Ele nunca havia morado com ninguém; eu havia morado apenas com Rodrigo. Na vida, somos sempre terrivelmente amadores. Mas fazemos como podemos.

– Está falando sério? – perguntou ele.

Não vacilei:

– Estou.

Ele me encarou.

– Eu topo – disse.

Dois dias depois eu visitava minha mãe para informá-la da novidade. Foi tia Adélia que abriu a porta, dizendo:

– Até que enfim vejo você. Estava morrendo de saudades.

Abraçamo-nos, e entrei na sala apinhada de móveis. Logo entendi que tia Adélia não abrira mão de sua mobília na hora da mudança.

– Decoração barroca? – ironizei, apontando.

Ela ergueu os braços, como quem diz "O que se há de fazer?"

– Ainda vamos arrumar melhor – afirmou, parecendo se desculpar.

– Não está mau – menti.

Minha mãe surgiu na sala e me deu dois beijos no rosto. Olhou bem para mim e disse:

– Está com a cara boa.
– Obrigado.

Sentamo-nos nos sofás de conjuntos desencontrados. Era terrível ver minha mãe naquela situação, e quase desisti de contar que Bruno se mudaria para meu apartamento. *Por que não eu?*, eu a imaginava perguntando, se não com palavras, pelo menos com o olhar.

– Bem, vou deixar vocês dois à vontade – disse tia Adélia, levantando-se.

– Não seja boba, Adélia – repreendeu-a minha mãe. – Fique aqui conosco.

Mas tia Adélia já desaparecia no corredor. Minha mãe e eu nos entreolhamos.

– Como estão as coisas? – perguntei.

Ela encolheu os ombros.

– Tudo bem. Por incrível que pareça, sua tia e eu temos conseguido conversar.

Aquilo era novidade.

– Jura? – perguntei.

– É. Ela sente muita falta do Vieira, estava sozinha demais.

Imaginei até que ponto esse não seria o caso também de minha mãe. Teria ela encontrado algum conforto na presença da irmã, depois de anos de solidão?

– Vocês deveriam sair mais – sugeri.

– Sair para onde? – perguntou ela.

– Não sei, praia, teatro, cinema... Fazer alguma coisa.

– Temos caminhado no calçadão pela manhã – disse ela.

Eu mal conseguia acreditar. Minha mãe era uma dessas pessoas que parecem avessas a sol.

– Isso é ótimo!

– Não é ruim – disse ela, como se admitir aquilo fosse arruinar a fortaleza de suas convicções. – Está com fome?

– Não – respondi. – Comi antes de sair de casa.

Ficamos algum tempo em silêncio. Eu sabia que não haveria nenhuma deixa para o assunto que me levara até ali.

– Você se lembra do Bruno? – arrisquei perguntar.

Ela não titubeou:

– O menino?

— É, o menino.
— Como ele está? — indagou ela.
— Bem.

Fez-se novo silêncio, então, quando eu já me preparava para dar a notícia, ela perguntou:

— Vocês estão juntos?

Eu não tinha o hábito de falar sobre essas coisas com minha mãe. Não tivera chance de aprender. Então, para mim, não era natural.

— Estamos — murmurei.

No olhar dela, eu via a vontade de se aproximar do filho, mas também o ônus que isso trazia. Tinha a nítida sensação de que ouvir aquelas coisas não era fácil para ela.

— Ele me parece boa pessoa — comentou.
— É, sim — confirmei. Então as palavras se atrapalharam, e gaguejei: — Nós vamos morar juntos.

Eu me sentia voltando quinze anos no tempo, ao dia em que dissera a mesma frase a ela, referindo-me a mim e Rodrigo. Na época, ela se limitara a sair do quarto. Agora não exibia nenhuma reação aparente.

— Ele vai se mudar para o seu apartamento?
— Vai. Este fim de semana.

Minha mãe olhou demoradamente para mim e disse:
— Acho que isso vai ser bom para você.

2

A mudança não era nada demais. No sábado, esvaziei o lado esquerdo do armário e abri espaço no quarto extra, então esperei pela chegada de Bruno. Ele surgiu com Tiago, trazendo três malas, uma televisão, um computador e duas caixas de livros. A pequena estante e a mesa que poríamos no quarto extra chegaram alguns minutos depois, trazidos na caminhonete de um amigo do pai dele.

Passamos o dia inteiro arrumando o apartamento. A televisão recém-chegada ficaria em nosso quarto; o computador de Bruno, ao lado do meu computador. As roupas dele ocuparam mais espaço do que a metade do armário que lhe cabia, e tivemos de improvisar algumas gavetas no quarto extra.

À noite, quando fomos dormir, Bruno me abraçou na cama e pela primeira vez disse:

– Eu te amo.

Beijei os olhos dele fechados e falei:

– Também te amo.

Então Bruno afundou o rosto no meu ombro e começou a chorar baixinho. Não era um pranto convulsivo; eram apenas soluços suaves, acompanhados de lágrimas que molhavam meu pescoço. Não perguntei o motivo, nem se havia algo errado. Eu sabia o que era. Sentia o mesmo.

Passamos o domingo inteiro na cama, levantando-nos apenas para ir ao banheiro ou beber água. Dormíamos, acordávamos, trepávamos, dormíamos, acordávamos, conversávamos. O sol lá fora não nos dizia nada, o caderno cultural não nos incitava a nada. Queríamos apenas aquilo, embora "querer" pressupusesse um arbítrio de que não dispúnhamos: estávamos obrigados a ficar eternamente um com o outro.

Na hora da fome, jantamos *pizza*, que pedimos por telefone. Sem vontade de sair da cama para procurar um bom programa na televisão da sala, que era a cabo, assistimos a um filme tolo no quarto. Tudo era motivo para riso. Antes de finalmente adormecermos de vez, Bruno mais uma vez olhou para mim e disse:

— Eu te amo.

Era a necessidade da repetição: como se, não nos lembrando, pudéssemos ficar irremediavelmente esquecidos daquilo. Retribuí seu olhar e falei:

— Também te amo, garoto.

Os dias que se seguiram transcorreram como numa espécie de sonho. A presença de Bruno era reconfortante e, em sua ausência, acalentava-me a certeza do reencontro. Saíamos para jantar, dávamos longas caminhadas, trocávamos elogios, carícias e confidências. Em duas ocasiões, saímos para dançar, e levei no peito o medo de possíveis ciúmes, mas não tínhamos olhos para nada além de nós mesmos e dançamos colados em nosso suor, bebidas em punho, *house* martelando na cabeça.

Uma tarde, Bruno chegou à redação eufórico, tendo acabado de sair da faculdade. Sentou-se à minha mesa e anunciou:

— A editoria do Paulo me ofereceu estágio remunerado, com grandes possibilidades de contratação em poucos meses.

Paulo era um amigo de Bruno que trabalhava no melhor jornal da cidade. Estágio remunerado era exatamente o que Bruno vinha procurando. E contratação era o sonho de todo estagiário.

Fiquei desorientado. Simulei um sorriso, que me faltava.

— Parabéns — falei.

Mas Bruno notou minha falta de entusiasmo.

— Não ficou feliz?

— Fiquei, fiquei... — respondi, tentando parecer autêntico. — Só estou surpreso.

Bruno exalava alegria.

— Não é fantástico? — insistiu. — Parece um sonho.

Eu não sabia o que me deixava mais atarantado: se a saudade que, a partir dali, poderia sentir de Bruno durante o dia, se a insegurança por sabê-lo em outro trabalho, com novos colegas, se a inveja por não ser eu a fazer progressos na carreira.

– Começa quando? – perguntei.

– Amanhã – respondeu ele. – Espero que Luíza não fique chateada pelas revisões que eu estava para entregar até o fim da semana.

Tentei incentivá-lo, agir com decência.

– Não se preocupe com isso. Qualquer coisa, posso ajudá-la.

Mas Bruno não estava realmente preocupado. Estava feliz demais para isso.

– Vamos sair para comemorar? – convidou, os olhos brilhando.

Eu já estava me sentindo um crápula por não partilhar a alegria do meu namorado quando algo tão genial lhe acontecia. Decidi incorporar o ator que não sou.

– Claro! – disse, animado. – Aonde você quer ir?

– Ao rodízio de japonês.

Convidamos João e Tiago, vestimos roupas novas e deixamos duas garrafas de champanhe na geladeira, para depois do jantar. Quando saímos do apartamento, Bruno já se achava mais calmo, e eu havia me convencido de que estava tudo bem: não nos veríamos durante o dia, Bruno conheceria pessoas novas, Bruno avançaria na profissão, e tudo isso só alimentaria nossa relação.

Talvez o excesso de contato acabasse mesmo por nos aniquilar, pensei. Talvez o local de trabalho em comum nos deixasse de repente sem novidades para contar um ao outro. Talvez a estagnação nos fizesse perder o viço e embotasse o que havíamos construído.

Eu não estava necessariamente feliz com o acontecido, mas tinha rearrumado minhas questões internas, depois do vendaval da surpresa. Estava pronto. Viessem as mudanças, viesse o desconhecido. Eu estava confiante em nosso inabalável futuro.

No restaurante, João nos aguardava com namorado novo, Lucas, que me pareceu simpático. Tiago chegou meia hora depois, pedindo desculpas pelo atraso e abraçando Bruno demoradamente. Brindamos ao sucesso de Bruno, comemos mais do que deveríamos e terminamos a noite em meu apartamento, tomando champanhe ao som de Marina Lima. O tempo estava perfeito, parecia ter se ajustado às circunstâncias.

João e Lucas não se desgrudavam, conversavam conosco de mãos dadas, com aquela intimidade de brincadeiras particulares e compreensão mútua própria dos casais recém-apaixonados. Lucas tinha a mesma idade que eu, era professor de lingüística e possuía amigos em San Francisco, onde já havia morado e onde queria passar algum tempo com João, que não conhecia nem mostrava interesse em conhecer os Estados Unidos.

– Por que não vamos todos? – propôs Lucas.

– Caravana gay para a grande meca? – perguntei, ligeiramente embriagado.

– Claro – respondeu Lucas. – Tem acomodação para todos.

Ele era animado como João, e acreditei realmente num futuro feliz para os dois.

Quando os rapazes se foram, Bruno e eu trepamos pela primeira vez sem preservativo. Não houve nenhuma decisão deliberada, antecipada, racional. Não se devia à comemoração do novo estágio no jornal nem especificamente a nosso grau etílico avançado (já havíamos trepado alcoolizados diversas vezes, sempre com proteção). Apenas aconteceu de nenhum de nós estender a mão à gaveta ou perguntar "E a camisinha?" quando já ultrapassávamos as preliminares.

Foi maravilhoso ter aquele prazer integral novamente, e sabíamos que dali em diante aposentaríamos os artefatos de borracha. Não havíamos feito nenhum exame de sangue, não havíamos sequer conversado muito sobre HIV e contaminação. Depois do sexo, depois do banho gelado e do café forte, fiquei deitado na cama, pensando em como aquilo seria inconcebível anos antes. Com Rodrigo, só havíamos começado a transar sem camisinha depois de irmos os dois ao centro de testagem anônima e termos certeza de que estávamos limpos. Agora eu parecia mais destemido, ou mais inconseqüente.

O dia seguinte não foi tão difícil quanto eu havia imaginado. Bruno telefonou no meio da tarde para me informar seu ramal, e Luíza aparecia com maior freqüência em minha baia, aparentemente para tentar suprir a falta de Bruno. Gostei de sua preocupação e então me dei conta de como me mantivera distante dela naqueles últimos tempos. Eu não sabia sequer se ela estava saindo com alguém. Convidei-a para jantar.

Fomos ao restaurante árabe que costumávamos freqüentar no começo da nossa amizade. Sentamo-nos a uma das mesas próximas à janela e notamos que o lugar estava extremamente mudado. Não havia nenhum dos antigos garçons. As toalhas de mesa tinham agora cores vibrantes, e o cardápio se sofisticara. Pedimos cafta com arroz de lentilha e vinho tinto.

Descobri que Luíza estava de caso com um homem casado, que, embora parecesse não gostar mais da mulher, recusava-se a deixá-la por causa dos dois filhos pequenos. Ela estava apaixonada.

— Caí num buraco, entende? — perguntou. — Em uma armadilha.

Não havia muito o que dizer. A essas ciladas da vida todos estamos eternamente sujeitos. Só esperamos com dedos em figa que elas não nos devorem.

— O conselho você sabe qual é. Cair fora.

— Eu sei. Mas com que forças? Eu gosto do cara, entende? Ele é tudo que eu espero de um homem. Aquele tipo que protege, resolve as coisas, tem voz ativa.

— Bonito? — perguntei, imediatamente arrependido de me mostrar tão fútil.

— Não — respondeu ela. — Gordo, sem atrativos.

Olhei para Luíza e senti uma espécie de compaixão, não exatamente por ela. Era uma compaixão sem destinatário certo, uma compaixão generalizada por todos nós, por nossos desencontros na tentativa contínua de Encontros. Compaixão por nossa luta incansável para não sofrer.

— Pensei em engravidar dele — admitiu ela, baixando os olhos. — Está na hora mesmo de eu ter um filho.

— Luíza! — surpreendi-me. — Um filho desse cara que não quer deixar a mulher?

Ela parecia estancar o choro.

— Fique tranqüilo. Ele não quis. Eu propus e ele não quis.

Toquei a mão dela, sobre a mesa.

— Ele está certo em não querer. Pense no seu filho. O que seria dele, crescendo com um pai clandestino? Um pai que o assume apenas nas horas vagas?

Luíza escutava sem ouvir. Olhava para mim sem me ver. Enxugou as lágrimas e pegou um espelho pequeno na bolsa.

– Ai, que horror! – exclamou, vendo os próprios olhos inchados, a maquiagem borrada. – Licença, querido – pediu, levantando-se.

Enquanto ela estava no banheiro, eu tomava vinho absorto em pensamentos obscuros, via o mundo de uma ótica terrível de procuras insanas e achados frágeis, temporários. A solidão em que nos achávamos. A solidão que nos espreitava. A solidão que nos levava a enlouquecer, a aceitar o inaceitável. O medo. Andávamos todos tão assustados por baixo de nossos óculos Ray Ban, de nossos ternos Armani, de nossas gravatas de seda. Assustados em nossos carros e apartamentos. Querendo um colo que não existe, que buscamos em igrejas, saunas e livros e todavia não achamos, porque não há. Medo do nosso abismo solitário.

Quando Luíza voltou à mesa, sua aparência não traía nenhum sofrimento velado. Ela sorriu e ergueu a taça.

– A dias melhores – brindou.

Ergui minha taça.

– A dias melhores.

Quando cheguei em casa, Bruno já estava deitado, assistindo a um programa de televisão. Virou-se para mim com um sorriso largo. Estava animado, era nítido.

– Como foi? – perguntei, tirando a camisa.

– Bem – respondeu ele, levantando-se para me abraçar.

– Muito trabalho?

– Muito.

Deitamo-nos juntos, nus. Era bom ficar colado ao corpo dele, o ventilador de teto rodando devagar, mais para oferecer uma idéia de vento do que vento propriamente dito. Bruno se sentou sobre mim.

– Senti saudades – disse.

Não pude evitar: sorri.

– Sentiu? – perguntei.

Ele me beijou a boca. Notei que estava de pau duro. Comecei a ter eu próprio uma ereção.

– Também senti saudades – falei.

Bruno lambeu meu peito e minha barriga, então começou a me chupar, enquanto se masturbava. Depois que gozamos, tomamos banho separados.

De volta à cama, contei como estava Luíza. Bruno contou como eram seus colegas de trabalho, como era a redação, como era o restaurante onde todos comiam. Falou até ser nocauteado pelo cansaço. Aí dormiu um sono profundo, às vezes roncando baixinho.

Como eu não conseguia dormir, fui para a sala, assistir à televisão. Passei algumas horas zapeando sem me prender em nenhum canal específico, procurando algo que não fosse enfadonho demais. Acabei adormecendo no sofá, onde Bruno me encontrou pela manhã.

– Acorda, preguiçoso! – disse, abraçando-me.

3

Eu não queria malhar ombro, nem costas, nem perna, nem peito. Sobrou braço: bíceps e tríceps. Quatro exercícios para cada grupo muscular. Quatro séries para cada exercício. De oito a dez repetições por série.

Então meia hora na esteira.

Então meia hora no vestiário: tomando banho enquanto conferia corpos e mais corpos.

Notei que um homem me olhava. Tinha belas formas, pernas grossas, bunda empinada, mais pêlos do que eu desejaria. Apontou um reservado e se dirigiu para lá. Agi instintivamente, seguindo-o. O homem devia ter seus 40 anos. Sorriu e me abraçou. Abracei-o também. Ele começou a me beijar o rosto, o pescoço, a boca. E eu retribuía o beijo, mas não sentia nada. Em minha mente, uma única frase pulsante, repetitiva, martelava: *não é o Bruno*. Era como se minhas mãos estivessem acostumadas às reentrâncias, às saliências, às formas de Bruno e eu tivesse desaprendido a tocar outros corpos.

Aquilo era novo, estranho. O homem continuou me abraçando, e eu continuava não sentindo nada, a não ser uma vontade de não estar ali, de não ter entrado naquele cubículo, de voltar no tempo. Afastei-o e disse:

– Desculpe, eu...

Mas saí antes de dar uma explicação que eu certamente não saberia articular.

No caminho de casa, telefonei do celular para Bruno.

– Alô? – disse ele, a voz conhecida, tranqüilizadora.

— Oi, garoto.

Ele pareceu intrigado.

— Aconteceu alguma coisa?

— Não, nada — respondi, com certo alívio no peito. — Só bateu saudade.

Eu me sentia meio cafajeste, mas tentava me convencer de que não chegara a traí-lo por vontade própria. Sabia, porém, que não o traíra por uma estranha resistência do corpo. Eu *havia* seguido aquele homem para o reservado.

— Também estou com saudade — disse Bruno. — Mas a gente conversa depois, estou no meio de uma aula.

Quando desligamos, eu já me sentia mais calmo, embora não menos calhorda. O que difere os homens dos animais é a razão, e eu parecia desprovido dela.

No fim daquele mês, Tobias telefonou convidando-me para jantar em sua casa com nossa mãe e tia Adélia. Queria apresentar a nova namorada à família.

— Que nova namorada? — surpreendi-me.

— Virgínia — respondeu ele.

— Quem é Virgínia?

— Virgínia é juíza, tem 32 anos, conheci através de um colega do trabalho — explicou ele. — Vocês vão gostar dela.

Quando cheguei ao apartamento de meu irmão com quarenta minutos de atraso, minha mãe e tia Adélia já haviam chegado. Estavam sentadas no sofá de couro cru da sala conversando com Virgínia, a juíza de 32 anos que agora era a nova namorada do meu irmão.

Minha mãe estava bem, inclusive parecendo mais nova. Tia Adélia também esbanjava vitalidade. Ainda me deixava um pouco perplexo a recente cumplicidade das duas. Depois de uma vida de rixas e contendas, era estranho vê-las trocando gentilezas.

Logo entendi que Virgínia havia conquistado o coração da sogra. Minha mãe sempre fora transparente em seus gostos e desgostos. E, pelo modo como agora se entregava à conversa, deixava claro que a nova nora caíra em seu agrado. Tobias parecia feliz.

— Toma alguma coisa? — ofereceu-me.

— Água — pedi. — Misturada.

Fiquei sabendo que Virgínia vinha de uma família interiorana de classe média e, havia dois anos, passara no concurso da magistratura. Gostava de cachorros e crianças. (Um clichê fantástico.) Sonhava em conhecer a Europa, que ainda não tivera oportunidade de visitar. E adorava viver com simplicidade, apesar das roupas sofisticadas. Demorei a aceitar que ela era uma mulher bacana – aliás, uma dádiva para Tobias – e a entender que minha reserva inicial a tudo que ela dizia se dava por uma espécie de lealdade a Marília.

De intrusa requintada Virgínia passou a ser simplesmente uma pessoa com qualidades e defeitos, assim como o resto de nós.

– Tobias fala muito de você – disse-me ela.

Encarei Tobias, que pareceu enrubescer.

– Jura? – perguntei. – O que exatamente?

Virgínia abriu um sorriso para meu irmão.

– Ah, não sei. Está sempre citando alguma coisa que você disse.

Levantei-me e abracei Tobias, deixando-o surpreso.

– Gosto muito deste cara – falei.

Minha mãe sorriu, olhando para nós como se registrasse aquele momento na câmera digital de sua mente, como se memorizasse aquela imagem a fim de guardá-la para a posteridade: os filhos abraçados, a família reunida como deveria ser.

O amor de Tobias por mim de fato ficara mais evidente depois que ele soube da minha homossexualidade. Se antes eu era apenas um reflexo menor dele, buscando agir à sua imagem e semelhança, agora eu era um Outro, com um quê mesmo de mistério. Onde aquilo se dera? Onde eu havia aprendido a gostar de meninos e fugir do padrão?

Do dia da grande revelação em diante, ele sempre parecia andar mais atento a mim, preocupado, velando de longe, querendo me proteger de um mundo que já adivinhava difícil. Quando um de seus amigos contava piadas sobre veados, eu geralmente acompanhava a turma no riso, mas ele se retraía e me fitava como se pedisse desculpas.

O jantar estava delicioso, todos comemos muito bem. Na hora da despedida, minha mãe perguntou por Bruno, e contei que ele havia conseguido estágio no jornal. Ela mandou beijos, e tia Adélia disse:

— Quero conhecer esse rapaz.

Parecíamos uma família de comercial de margarina, ou pelo menos de filme hollywoodiano. A mãe que aceita o filho gay, a tia que quer conhecer o namorado do sobrinho, os irmãos que se abraçam emocionados, a namorada bem-sucedida do irmão. Decidi que preferia Hollywood ao realismo da vida cotidiana.

Tobias estendeu o braço para mim. Demos as mãos. Ele se aproximou do meu ouvido e perguntou:

— O que achou dela?

E respondi:

— Ótima. Vou torcer por vocês.

O que se passava na minha mente, porém, nesse tempo inicial do novo emprego do Bruno não era nada hollywoodiano. Era realismo puro. O sentimento de estagnação que norte-americano nenhum conhece — eles, que esbanjam praticidade. Eu olhava para Bruno todas as noites, e todas as noites sentia o mesmo vazio, a mesma desolação com a minha vida, como se eu pertencesse ao passado, como se não existisse mais nada reservado para mim. Eu havia tido meu tempo, minhas oportunidades, usara algumas, descartara outras e chegara ali, naquele buraco sem saída, não propriamente ruim, mas recendendo a naftalina, a sótão ou depósito de antigüidades.

O mundo de hoje parecia-me de Bruno. A mim cabia apenas a figuração: eu era personagem coadjuvante, com minha memória abarrotada de lembranças e perspectiva nenhuma de futuro. Existia mais no passado do que no presente e, a cada novidade de Bruno, a cada nova aventura profissional dele, sentia-me mais e mais deprimido. A ponto de não conseguir esconder.

Uma noite, Bruno telefonou para avisar que chegaria tarde, porque tomaria chope com o pessoal do jornal. Pensei em ligar para João, convidá-lo para fazer alguma coisa, mas não tinha ânimo de ver ninguém. Preferi ir até a locadora e alugar um DVD. Assisti ao filme, tomando um resto de vodca com suco de laranja. Fiquei bêbado. Arrastei-me para a cama e me deitei com as roupas sujas de trabalho, não sem antes conferir a hora no rádio-relógio: 1h35.

Eu estava sonhando quando fui acordado pela chegada de Bruno. Esfreguei os olhos, ainda me sentia ligeiramente embriagado. Consultei o relógio outra vez, eram 2h20.

– Onde você estava? – perguntei, irritado.

Bruno não se alterou pelo meu tom de voz. Parecia sóbrio.

– Eu falei com você mais cedo. Estava tomando chope.

– Com quem?

Ele me encarou.

– Você sabe com quem.

– Não sei – insisti.

– Com o pessoal do jornal – disse ele, enquanto tirava as roupas.

– Quem é o pessoal do jornal?

Ele entrou no banheiro. Ouvi a torneira da pia se abrir, depois Bruno escovar os dentes, mijar e lavar as mãos. Ele voltou para o quarto. Eu ainda o encarava.

– Quem é o pessoal do jornal? – repeti.

– Você não conhece – respondeu ele, deitando-se a meu lado.

– Você bebeu?

– Quem faz as perguntas aqui sou eu. Quem é o pessoal do jornal?

– Carla, Raquel, Renata, Lima e Michel – respondeu ele, num só fôlego. – Agora posso dormir?

– Não. Quem é Lima?

Ele olhou fundo nos meus olhos.

– Por que isso agora?

Mantive-me inflexível:

– Quem é Lima?

– Lima é uma mulher – disse ele, dando-me as costas.

– Quem é Michel? – perguntei.

Ele se manteve calado. Repeti:

– Quem é Michel?

Bruno se virou outra vez para mim, encolerizado.

– Isso é uma crise de ciúme? Você está sendo ridículo.

Em algum grau, eu sabia que estava sendo ridículo, mas não havia o que me freasse.

– Quem é Michel?

— Michel é um jornalista do caderno cultural.
— Quantos anos?
Ele soltou um suspiro, acendeu a luz do abajur.
— Uns 25 – disse.
— Veado?
Ele se sentou na cama.
— Detesto quando você fala assim.
— Veado? – repeti.
— É, veado, e daí?
— Bonito?

Bruno se levantou, pegou o travesseiro e saiu do quarto. Segui-o. Quando cheguei à sala, ele estava se acomodando no sofá. Ligou a televisão. Eu parecia possuído por uma força maligna que me obrigava a ser desagradável, assim aniquilando a mim mesmo.

— Bonito?

Bruno desligou a televisão, fechou os olhos. Disse:

— Cara, eu amo você. Se estou aqui é porque amo você. Por que esta cena agora?

Titubeei. Ele estendeu o braço em minha direção.

— Venha aqui – chamou – O que está acontecendo?

Eu não sabia o que responder. Estava com ciúme, sim. Estava mal. Sentia-me abandonado, o menino de 13 anos que nunca deixei de ser. Era isto: eu sabia da minha imaturidade.

Sentei-me ao lado dele.

— Preciso fazer alguma coisa da minha vida – falei, surpreendendo a mim mesmo.

Bruno segurou minha mão.

— Eu sei. Você está cansado da revista. Por que não tenta outro emprego? Não vai ser difícil para você.

Sacudi a cabeça.

— Não, não quero mudar de emprego.

— Então procure outra coisa do seu interesse. Por que não escreve um livro? Ou viaja?

Escrever, viajar, tudo me parecia fuga. Mas às vezes fugas são tudo de que necessitamos.

4

Éramos cinco: João, Lucas, Tiago, Bruno e eu. Mas Michel chegaria a qualquer momento. Estávamos em um restaurante sofisticado que apenas Tiago conhecia. Não comemorávamos nada além de nossos elos.

João e Lucas pareciam felizes, embora já tivessem passado pela fase onde é penoso se desgrudar. Os dois agora mantinham a cumplicidade do casal que atravessou o primeiro ímpeto da paixão e se segurou firme depois da queda. Tiago vinha mantendo um relacionamento "estritamente sexual" com um vizinho casado. Bruno e eu estávamos bem. Não *muito* bem, tampouco mal. Estávamos bem.

Era gostoso quando ele chegava em casa. Conversávamos menos, mas saíamos bastante para o cinema. Víamos filmes, depois comíamos nos restaurantes de sempre. Tínhamos uma rotina prazerosa. De vez em quando eu o ajudava com alguma coisa prática de trabalho. De vez em quando ele me ajudava com minha falta de entusiasmo. Porque eu prosseguia com minha falta de entusiasmo.

Quando Michel chegou ao restaurante, Bruno o abraçou. Então se voltou para o resto do grupo.

– Pessoal, este é o Michel.

Todos o cumprimentamos, e me mostrei o cara maduro e controlado que não se abala pelas amizades mais jovens do namorado. Mas estava petrificado. Porque Michel era bo-ni-to, e eu me achava cada vez mais in-se-gu-ro.

O que me salvou, o que me deu chão e me permitiu encarar o sorriso franco de Michel, foi o convite que Lucas providencialmente decidiu me fazer àquela altura.

— João e eu vamos mesmo para San Francisco — disse ele. — Por que você não vem com a gente?

— Quando? — perguntei.

— Daqui a um mês e meio.

Eu tinha férias acumuladas na revista. Não era impossível. Além do mais, o próprio Bruno vinha sugerindo que eu viajasse para melhorar o ânimo.

— Eu precisaria tirar visto e passaporte — reclamei, mas no fundo gostando da idéia, que de repente me iluminava por dentro.

Eu não conhecia San Francisco. E a viagem me daria algo de concreto pelo qual ansiar. Era uma brisa de novidade no deserto da minha situação.

— Essas coisas são fáceis — garantiu João, logo se animando. — Vamos?

Com jeito, consegui férias para o mês seguinte, sob condição de pelo menos considerar escrever uma matéria sobre San Francisco. Certifiquei-me de que meu passaporte estava de fato vencido e mandei fazer outro. Aguardei-o como se aguarda um resultado de prova importante. Quando finalmente o peguei, olhava para ele feito criança. Como se nunca tivesse tirado os pés da minha cidade.

No consulado americano, não tive problemas reais, apenas imaginários, além de um tanto de ódio, que consegui dominar. A arrogância do funcionário, as perguntas ríspidas, a postura de pedinte que imediatamente tomávamos, tudo me fazia pensar: *Por que estou indo para esse país de merda?* Mas segurei a onda, respondi às perguntas com calma, segurança e certa dose de submissão, e saí com o papel que me garantia o visto.

Os dias transcorriam com alguma leveza. Minha relação com Bruno ganhou cores diferentes, ou talvez fossem as cores antigas, agora revitalizadas. À noite, ele me contava sobre o que acontecera no trabalho, e eu lhe contava sobre os preparativos para a viagem ou sobre o que havia descoberto de San Francisco na internet. A presença de Michel no dia-a-dia de Bruno também passou a me incomodar menos, embora eu às vezes tivesse recaídas.

Tobias e Luíza tinham encomendas para mim. Minha mãe apenas me recomendava juízo ao fim de cada telefonema. Conversei com Teresa, e ela concordou em me deixar livre das sessões sem ter de pagar por elas, o que seria praxe. De qualquer maneira, eu já havia decidido que, se ela fizesse questão do dinheiro, eu interromperia a análise. De uma forma ou de outra, achava que não seria de todo mau.

A cada dia eu ficava mais animado. Não há nada como a perspectiva, nem mesmo a concretização dela. João e eu nos encontrávamos muito nesses dias. Lucas havia falado com um de seus amigos americanos, e ficara acertado que eu me hospedaria na casa dele, localizada a uma quadra de onde se hospedariam João e Lucas. Eu não gostava muito da idéia de ficar na casa de um completo desconhecido, mas havia sempre a possibilidade de alegar que eu não queria incomodar e partir para um hotel.

Só às vésperas da viagem comecei a sentir uma espécie de arrependimento antecipado, pensando no dinheiro que gastaria, pensando no caminho aberto que deixaria para Michel, ou para quem fosse. E, nessas noites que antecederam o Grande Dia, tinha pesadelos quase infantis com Bruno fazendo e acontecendo na noite da cidade: ele nas festas, ele nos bares, ele em braços alheios. Comentei com Teresa que eu estava enlouquecendo, ou regredindo seriamente na idade, mas ela disse apenas:

– Isso é normal.

Eu havia me esquecido de que as relações amorosas podem nos deixar tão patéticos, tão absurdos. Por mais autodomínio que eu tivesse, às vezes me escapava uma farpa de possessão adolescente. Mas ao mesmo tempo me parecia que também éramos muito adultos, todos nós. Adultos por nos relacionarmos com o outro nutrindo tamanha descrença nele, no mundo, nos laços estabelecidos, por termos a noção exata da fragilidade de nossas histórias construídas a dois. Um fabuloso mundo concreto de cristal.

No dia da partida, deixei um bilhete para Bruno, dizendo que o amava e pedindo para que não se esquecesse de regar as plantas. Saí do apartamento com minhas duas malas, uma apreensão no peito e também certa dose de contentamento. Encontrei João e Lucas na portaria, aguardando-me com as portas do táxi abertas. Abraçamo-nos. Lucas estava agitado. João e eu ouvíamos mais do que falávamos. Era um fim de tarde bonito. O crepúsculo incendiava parte do céu com um laranja intenso, e a brisa fria que nos chegava pela janela me trazia lembranças de um tempo antigo. Durante um momento de silêncio, João se virou para mim e disse:

– Que bom que você veio.

E falei:

– É, ainda nem acredito.

5

Quando desembarcamos em San Francisco, o anfitrião de João e Lucas nos aguardava. Randy nos recebeu com um sorriso largo. No ato conquistou a mim e a João, que o cumprimentamos meio sem jeito, em um inglês enferrujado que ele entendeu. Estávamos cansados, mas ao cansaço se sobrepunha a ansiedade de nos encontrarmos numa cidade desconhecida.

A casa de Randy ficava no Castro, o bairro gay de San Francisco. Deixamos as malas no quarto de hóspedes do apartamento amplo (onde ficariam João e Lucas) e saímos para tomar café-da-manhã. Sentamo-nos numa cafeteria charmosa de esquina, e Randy pediu para nós o que desejávamos. Ele trabalhava no setor administrativo de um hospital. Ganhava bastante dinheiro e vivia bem. Conhecia muitos países da Europa e parte da América do Sul: Brasil, Argentina e Chile. Era bonito, embora não me atraísse. E tinha a mesma afabilidade de Lucas.

Robert, que chegou esbaforido à cafeteria alguns minutos depois, pareceu-me um pouco mais tenso do que Randy. Mas foi cordial ao extremo. Desculpou-se por não conseguir licença do trabalho naquele dia e me entregou a chave do apartamento, pedindo que eu me sentisse à vontade.

– Mi casa es su casa – brincou, em um espanhol capenga.

Fiquei aliviado que os dois parecessem pessoas bacanas. Robert era gerente de uma livraria que visitaríamos mais tarde. Tinha muito humor e uma energia que aos poucos me arrebatava. Era bonito: olhos claros, pele clara, traços finos, cabeça raspada.

Atualmente andava às voltas com a reconstituição de sua árvore genealógica, o que de algum modo era importante para ele. Parecia fascinado com as descobertas que vinha fazendo: a família italiana abandonando a terra natal para arriscar a sorte no mundo novo. Achei intrigante que aquilo pudesse interessar tanto a alguém. Eu jamais sequer parara para pensar nas origens de minha própria família.

Robert começara dois cursos universitários. Não concluíra nenhum. E eu gostava de sua aparente falta de ambição, num mundo onde isso parecia doença grave. Ele era gerente da livraria havia dez anos e se mostrava satisfeito com isso. Não nutria esperanças grandiosas; no máximo, morar em Vermont quando se aposentasse.

A maneira como falava, a graça com que contava os casos, acho que tudo contribuiu para que eu sentisse uma conexão instantânea com Robert. Mas ele tinha de voltar ao trabalho e logo se despedia de nós.

Voltamos ao apartamento onde estava nossa bagagem, peguei minhas malas e, seguindo instruções de Randy, rumei para a casa de Robert, onde todos me encontrariam três horas mais tarde. O apartamento de Robert era bem menor do que o de Randy, mas era aconchegante. Eu, aparentemente, ficaria num canto da sala, onde havia um colchonete estendido. Abri as malas, peguei toalha, uma muda de roupas e chinelos.

Tomei um banho quente demorado, sentindo-me mais vivo do que me sentia havia tempos. A água caindo em meu corpo, a distância de casa (esse conceito abstrato), o estado para além do acordado, tudo me deixava mais alerta, mais atento. O simples ato de passar xampu na cabeça, por exemplo, parecia-me mais consciente, era em si algo perceptível, perdendo sua qualidade mecânica. A vida ficava mais palpável.

Saí do banheiro com bermuda e camiseta limpas. Corri os olhos pela estante abarrotada de livros. Folheei alguns volumes, notando que a maioria estava autografada. *Uma das vantagens de trabalhar dez anos como gerente de livraria*, imaginei. Mais tarde, eu pediria a Robert sugestão de algo para ler.

Deitei-me no colchão, ao mesmo tempo cansado e elétrico. Pensei em Bruno: o que estaria fazendo agora? Estendi o braço até a mesinha de centro e conferi as revistas que havia sobre ela. Cinema, moda masculina, nu masculino. Liguei o aparelho de CD e dormi ao som de Sinéad O'Connor.

Quando a campainha me acordou, demorei alguns segundos para entender onde estava. Então me levantei e abri a porta para Randy, João e Lucas. Troquei rapidamente de roupa e fomos conhecer um pouco da cidade. Randy nos levou à ponte Golden Gate, onde passamos pelo menos uma hora caminhando. Depois circulamos mais pelo Castro e visitamos a livraria onde Robert trabalhava.

Ele nos recebeu com mais tranqüilidade do que mostrara no restaurante. Parecia mais relaxado, e eu quis acreditar que fosse pelo alívio de também ter nos considerado pessoas bacanas. Apresentou-nos aos outros vendedores da loja e nos levou para a seção de livros estrangeiros, onde descobrimos autores brasileiros vertidos para o inglês.

À noite, pedimos *pizza* e ficamos conversando amenidades na casa de Randy, depois Robert e eu fomos para o apartamento dele e assistimos a um filme francês na televisão. Eu me sentia à vontade em sua companhia, sentia que ao lado dele eu ganhava tempo, em vez de perder. Uma sensação de estar no lugar certo: eu não precisava conhecer nada, bastava estar ali, interagindo naquela sintonia perfeita.

Não demorei a me apaixonar pela cidade. Nos dias que se seguiram, andamos de bondinho, conhecemos Fisherman's Wharf, o Palácio de Belas Artes, parques, bares e boates. Era tudo delicioso. Antes de entrar no avião, algumas vezes cruzara minha mente a idéia de que a expectativa demasiada poderia arruinar a viagem, mas, de algum modo, acho que principalmente por estar com as pessoas certas, tudo corria bem.

Na primeira semana, senti necessidade de estar em contato com Bruno e por isso telefonava ou escrevia todos os dias, mas depois as ligações e mensagens ficaram mais espaçadas. Bastava me certificar de que tudo estava bem. E pronto. Não havia necessidade de saber o que ele andava fazendo, se vinha se comportando, se pensava em mim. Aos poucos eu me desvencilhava daquela espécie de carência ou insegurança e me limitava a querer saber o básico.

Cheguei a me perguntar se estaria me desapaixonando, mas concluí que aquele peso que eu vinha carregando não era amor, era apenas um dos sintomas do amor, que, a bem da verdade, pode durar mais do que ele próprio. Era uma mistura de ciúme com sentimento de posse que trazia à tona uma sensação terrível de baixa auto-estima. Agora eu me sentia livre daquilo e restava apenas um vazio que se confundia com falta de amor, mas que não necessariamente o era. Sem a apreensão que outrora me consumia, decidi dar tempo ao tempo para saber a resposta.

Robert me indicou alguns livros, que comecei a ler nas horas de sossego, quando descansávamos de nossas caminhadas pelas lindas ruas em declive da cidade. Em uma de nossas saídas noturnas, Robert se interessou por um cara, e senti uma ponta de ciúme. Não gostei de vê-lo se deixando seduzir, trocando olhares vagos enquanto dançava de maneira dissimuladamente descontraída. Demorei um pouco para entender que a relação de amizade que havíamos estabelecido era forte a ponto de se confundir com paixão. Mas entendi e aceitei.

Nessa noite, Robert estava completamente bêbado quando deixamos o bar. Eu estava levemente embriagado. Caminhamos abraçados enquanto ele cantava músicas do R.E.M. Depois nos sentamos numa lanchonete e tomamos café forte. Robert começou a falar sobre literatura. Fazia divagações longas e brincadeiras tolas. Disse que os livros seriam muito mais rentáveis se houvesse neles espaço para publicidade. Se, entre um parágrafo e outro, surgisse, por exemplo:

JUST DO IT

Rimos muito. Tudo nos parecia engraçado. A conversa era apenas uma maneira de rir melhor. Sugeri que convidássemos as empresas para o novo veículo de publicidade com chamadas garrafais de:

ANUNCIE SEU PRODUTO AQUI

Rimos mais. Ríamos como se o mundo fosse apenas um lugar aprazível destinado a acertos e bons momentos.

6

Uma semana antes de nossa volta ao Brasil, João e Lucas brigaram. Quando cheguei à casa de Randy, os dois estavam de cara amarrada, mal se falando. João me chamou para dar uma volta. Perguntei a Lucas se ele estava bem, e ele assentiu. Então aceitei o convite de João.

– O que houve? – perguntei, quando chegamos à calçada fria.

João sacudiu a cabeça e acendeu um cigarro, cobrindo a chama com a palma da mão.

– Acho que é tempo demais juntos – respondeu, afinal. – Acordamos juntos, passamos o dia juntos, dormimos juntos.

– É complicado – falei.

Eu não sabia se deveria insistir no motivo concreto da briga, mas resolvi dar a João livre-arbítrio para decidir se queria ou não conversar sobre aquilo. Ele me encarou.

– Lucas acha que perdi o interesse por ele.

– E perdeu?

João desviou os olhos. Parecia pensar na resposta.

– Não sei – murmurou. – É claro que não o desejo como antes, mas isso é normal. – Ele deu nova tragada no cigarro. – Não é?

– É – respondi. – O calor vai abrandando, é natural.

Era terrível, mas era natural. E nós sabíamos disso. João parecia meio desnorteado.

– Ele reclama que não lhe dou atenção – disse, soltando a fumaça. – Mas que porra de atenção é essa que ele tanto quer?

Alguns rapazes que conversavam na calçada olharam para trás, talvez curiosos por ouvirem aquela língua estranha, ou simplesmente para pedir de maneira tácita que falássemos mais baixo.

– A gente se gosta – continuou João, tentando se controlar. – Eu já não o procuro tanto, e ele já não me desperta tanta curiosidade, mas, sinto muito, isso é relacionamento, um dia depois do outro, a coisa se transforma.

Ele falava mais consigo próprio do que comigo. Parecia querer convencer a si mesmo.

– É difícil não cair na rotina – observei.

– É impossível – frisou ele. – E não existe isso de *lingerie* sensual, *strip-tease* ao som de Joe Cocker nem nada parecido que reacenda relação. A gente precisa é se acostumar com a transformação. Se quiser, porque também ninguém é obrigado.

Caminhamos durante algum tempo em silêncio. Eu pensava em Bruno. João decerto pensava em Lucas. Por que tudo tinha de ser tão complicado? Ou éramos nós que complicávamos tudo, com nossas necessidades descabidas?

– O pior é que, quando Lucas questiona a intensidade do meu afeto por ele, eu começo a fazer o mesmo – prosseguiu João. – Sabe, será que realmente quero continuar ao lado dele, quando as coisas estão sem dúvida diferentes? Não será melhor terminar tudo e procurar alguém que me incendeie outra vez? É claro que no futuro eu teria apenas uma grande coleção de romances de alguns poucos meses. Mas será que não fomos feitos para isso, para ter apenas uma grande coleção de romances de alguns poucos meses?

Talvez. Eu não sabia a resposta. Alguém sabia?

João atirou a guimba no chão e apontou uma loja de cartões, telas, ímãs de geladeira, tudo com imagens de homens lindos nus ou seminus. Já estivéramos ali muito rapidamente. E agora entrávamos para analisar a mercadoria.

Eram corpos esculturais fotografados nas mais variadas posições, muitos desenhos de Tom of Finland, algumas revistas em quadrinhos também dele, uma seção dedicada aos astros do mundo pornô. Aquilo não chegava a me excitar, era mais o assombro que experimentamos ao entrar em um museu de belas obras. Mas também me provocava uma vontade incontrolável de malhar.

— Quando vejo tudo isso, aí é que piro mesmo — disse João. — O tesão que eu sinto por esses caras desconhecidos, o tesão *enorme* que eu sinto por esses caras desconhecidos...

— É normal — falei, repetindo-me.

— Eu sei, eu sei. Mas eu quero tudo, entende? Quero aquela história de amor tranqüilo, mas também situações puramente sexuais.

Olhei para ele.

— Por que vocês não abrem a relação?

Ele me fitou com espanto.

— Está louco? Não sei lidar com ciúme. Minha saída é a canalhice. Ou então sacrificar um desses lados antagônicos meus.

— Que é o que você vem fazendo. Não é?

— É, mas aí voltamos ao início da conversa. Porque, quando ele começa a me irritar com cobranças, por exemplo, eu, que ando segurando as pontas para não cair em tentação, fico me perguntando se vale a pena.

Pus a mão no ombro de João. Ele abriu um sorriso. Peguei um cartão de Tom of Finland, de quem eu sabia que ele gostava.

— Vou comprar pra você — anunciei. — Pra você sublimar a libido.

Rimos um pouco e nos dirigimos ao balcão. Nós e nossas necessidades descabidas.

À tarde, João e Lucas já haviam conversado e, embora nem tudo fossem flores, a situação agora parecia sob controle. Quando olhei para Lucas, cruzou minha mente este pensamento: *É incrível a capacidade que temos de nos acostumar.* Randy havia saído mais cedo do trabalho, e fomos às compras. Eu tinha as encomendas de Luíza e Tobias, e precisava encontrar alguns presentes.

Passamos a tarde inteira no *shopping*. À noite, eu estava exausto e sentia uma dor de cabeça fina atrás da orelha esquerda. Tomei um remédio

ALÍVIO IMEDIATO

e me deitei no apartamento escuro de Robert. Pensei na volta ao Brasil, mas sem o pesar que imaginei sentir na última hora. A experiência de passar um mês em uma realidade que não era a minha, em uma cidade que não era a minha, de algum modo reorganizava a perspectiva que eu tinha da minha vida. Eu voltava ao Brasil com mais vontade, mesmo sem saber exatamente de quê. Viajar tinha sobre mim esta capacidade: transmitia-me a idéia de que tudo era mais possível.

Eu talvez mudasse de emprego, quem sabe, ou poderia ingressar em um curso universitário, ou aprender uma língua. Quem sabe. Ou seguir novamente o conselho de Bruno e escrever um livro. Quem sabe.

Robert chegou em casa pouco depois das 21h. Tomou banho, e descemos para alugar um DVD. Ele conhecia muita gente, cumprimentava várias pessoas na rua. Eu gostava de sua simplicidade.

Depois do filme, varamos a madrugada conversando. Ele me contou sobre sua família, que morava em New Jersey; sobre sua primeira relação com um homem, quando tinha 19 anos e se encantara pelo professor de artes; sobre suas incursões pela noite de San Francisco. Eu bebia todas as palavras dele. Adorava ouvi-lo.

A única tristeza que sentia pela minha partida era deixar alguém tão especial como ele. Mas prometemos nos ver sempre que possível. Eu voltaria aos Estados Unidos, ou ele me visitaria no Brasil, ou nos encontraríamos em algum outro canto do mundo.

Pedi uma fotografia sua, e Robert me deu um retrato colorido de quando ainda tinha cabelo. Muito bonito, com seus 20 e poucos anos, um leve sorriso de olhos fechados. Guardei a foto no livro que vinha lendo e com o qual ele também decidira me presentear. Então peguei o embrulho que pensara em lhe dar apenas no dia da viagem. Robert me encarou. Agradeceu-me antes mesmo de abrir o presente.

Quando viu o relógio vermelho, pareceu genuinamente surpreso. Colocou-o no pulso, satisfeito. Abraçamo-nos como velhos amigos, como os velhos amigos que um dia seríamos, eu tinha certeza.

Eu já estava pronto havia duas horas quando Randy, João e Lucas me chamaram da calçada. Robert e eu descemos com minhas duas malas abarrotadas e trocamos algumas palavras com os rapazes. Então nos abraçamos apertado pela última vez. Notei que Robert chorava. Ele se desculpou, explicando que era uma moça nas horas de despedida.

Randy interveio, dizendo que ele era *sempre* uma moça. Rimos, mas era um riso triste. Aí entramos no carro, e ainda acenei para Robert antes de dobrarmos a esquina.

No aeroporto, fizemos o *check in* e despachamos as malas, depois fomos tomar café. O tempo se arrastava, como é de costume nos aeroportos. Randy finalmente se despediu de nós, fazendo-nos prometer que voltaríamos a San Francisco. Eu sentia um aperto no peito. Havia me encantado por aquelas pessoas, e agora parecia que o tempo e o espaço se encarregariam de deixar nossa amizade na lembrança.

O avião estava cheio. Era bom ver brasileiros por toda parte novamente. Depois do jantar, apagaram-se as luzes. E vi *As horas* pela segunda vez. Fiquei chocado que as cenas de beijo entre Nicole Kidman e Miranda Richardson, Julianne Moore e Toni Collette, e Meryl Streep e Allison Janney tivessem sido cortadas. Mas não deixei de me comover outra vez com o filme.

Não consegui dormir logo. Olhava ao redor, ouvia o zumbido do avião, via o sinal de afivelar o cinto de segurança se acender e apagar. Estava um pouco apreensivo, apesar da animação que me acometera nos últimos dias. Pensava na revista, em Bruno, na rotina de nossa vida, no apartamento, nas plantas eternamente por regar. Morria de saudade e ao mesmo tempo de medo de reencontrar tudo aquilo.

Quando adormeci afinal, tive um sonho estranho com meu pai. Como na infância, ele massageava minha barriga porque eu sentia dor de estômago, mas, dessa vez, a massagem não melhorava meu estado. Então ele começava a sacudir a cabeça e dizer "Tem dor que não cura". Acordei com a luz do sol entrando pelas janelas. Lucas já estava acordado. João ressonava com proteção nos olhos.

Depois de servido o café-da-manhã, preparamo-nos para a aterrissagem. Estávamos cansados e descemos afoitos do avião. Passamos pela Duty Free Shop, para comprar perfumes e bebidas alcoólicas. Então rumamos para a alfândega, atravessando-a sem problemas.

Custei a localizar Bruno, mas finalmente o avistei. Ele estava com Tiago. Vestia uma camisa verde que lhe avivava os olhos, e os cabelos castanhos se achavam como sempre em desalinho. Bruno trazia um sorriso no rosto e uma rosa amarela na mão. Abraçamo-nos.

– Senti saudade – disse ele.

– Eu também – falei.

Era quase estranho tê-lo por perto outra vez, sentir seu cheiro, abraçar seu corpo, mas era também reconfortante a certeza de que meu mundo não era apenas uma fantasia.

Tiago nos deixou no apartamento e foi para a faculdade. Bruno tinha conseguido tirar o dia de folga. Transamos sem nem mesmo nos despir por completo, depois ficamos deitados, encarando o teto. Ele me pedia para contar sobre a viagem, mas, por estranho que fosse, eu não sabia exatamente o que dizer. Então fazia observações vagas, como "A cidade é linda", observações que decerto já lhe fizera por *e-mail*.

7

Aproveitando a injeção de ânimo da viagem, uma semana depois do retorno, quando já me acostumava novamente ao antigo ritmo de vida, sentei-me de frente para o computador de casa, abri o *Aurélio* e o Word e passei alguns minutos encarando a tela em branco, até escrever as primeiras linhas de um arquivo que ousei nomear "Livro". Demorei algumas horas para escrever três páginas, mas eu não tinha pressa.

Quando Bruno chegou, contei a ele a novidade, e prometemos comemorar, mas a comemoração foi atropelada pela correria em que ele se encontrava. Havia começado a época de provas da universidade, e Bruno fazia como podia para dar conta de estudar nas horas vagas.

Criei o hábito de escrever todas as noites, depois que voltava da revista. Aos poucos, os personagens começavam a fazer parte do meu dia-a-dia. De vez em quando, pegava-me pensando neles na academia ou mesmo no trabalho. Os personagens partiam do que éramos nós: eu, Bruno, João, Luíza. Mas à realidade eu acrescentava um toque de ficção.

Às vezes, achava tudo bobagem e sentia uma ânsia enorme de apagar o arquivo e esquecer aquela história, mas havia sempre uma ponta de precaução me impedindo de tomar qualquer atitude drástica.

Quando imaginei ter chegado à metade do livro, comprei uma garrafa de vinho e preparei uma massa para jantarmos. Mas a noite terminou cedo, porque Bruno estava morto de cansaço: mal acabou de comer, desabou na cama.

Quando vi que ele dormia, primeiro senti uma onda de ternura, depois uma espécie de desapontamento, porque não treparíamos, então me dei conta de que, no fundo, estava satisfeito: eu não tinha vontade nenhuma de foder.

À meia-noite e meia de uma terça-feira, o telefone de casa começou a tocar. Bruno estava dormindo, e atendi um pouco alarmado. Era Tiago. Expliquei que Bruno já tinha se deitado, mas ele pediu que eu o acordasse. Então sacudi Bruno na cama.

– É o Tiago. No telefone.

Voltei para a sala, onde alguns minutos depois Bruno chegava.

– Ele está vindo para cá. Brigou com o Júlio.

– Quem é Júlio?

– O vizinho casado dele – disse Bruno, esfregando os olhos.

– Eu nem sabia que eles estavam juntos – falei.

– Não. É claro que você não sabia.

Ele deu meia-volta e se dirigiu para o banheiro.

– O que você quer dizer com isso? – gritei.

Ele não respondeu. Segui para o banheiro, onde Bruno lavava o rosto, e repeti:

– O que você quer dizer com isso?

Ele se deteve e me encarou com o rosto molhado.

– Nada. É besteira.

Eu não queria dar corda a quaisquer que fossem suas reclamações, nem estava com paciência para discutir. Se eu não sabia que Tiago ainda se relacionava com o tal vizinho casado não era porque eu não me interessasse pela vida ou pelos amigos do Bruno. Era porque Bruno não havia me contado. Ponto final.

Voltei para o sofá e assisti à televisão até Tiago chegar, então me levantei para ir ao quarto. Mas Bruno parou na minha frente e perguntou:

– Não quer ficar?

Eu não estava chateado com ele. Estava indiferente.

– Acho melhor vocês conversarem sozinhos – respondi.

Do quarto, ouvi Tiago chegar. Embora estivesse curioso, não gostava da idéia de ouvir conversa alheia. Mas não pude evitar. Os dois falavam em tom de voz natural, despreocupados com meu possível sono.

Eu sabia que Tiago havia conhecido o vizinho do prédio da frente da sua casa por uma dessas casualidades da vida, quando os dois foram fechar janelas por causa de uma tempestade súbita. Eles se entreolharam e imediatamente reconheceram o interesse mútuo. Mas, nesse primeiro instante, limitaram-se a fitar um ao outro, com cuidado.

Foi só mais tarde que a situação ficou realmente explícita. À noite, o vizinho ia para a área de serviço e ficava passando a mão pelo corpo, incitando Tiago a fazer o mesmo, do outro lado da rua. Esse jogo prosseguiu durante algumas semanas, quando Tiago decidiu passar ao vizinho seu número de telefone, usando os dedos.

De seu apartamento, Tiago via quase todos os cômodos da casa e, portanto, sabia que, além de Júlio, havia uma mulher e dois meninos adolescentes. A verdade era que isso tinha sido determinante para o desenrolar da história. Excitava-lhe a idéia de se relacionar com um homem casado, alguém com mulher e filhos, alguém do "lado de lá", que não freqüentava nosso mundo, como o conhecíamos. E foi essa a cilada. Ele quis o homem casado, e agora sofria com o estado civil dele.

A idéia de que o homem casado seria mais viril, mais "macho" do que o resto de nós é infundada, mas compreensível. E, pelo que sei, já trouxe muito desapontamento.

— Era só para ser uma brincadeira — dizia Tiago agora, para Bruno. — E nem acho que seja amor. É outra coisa.

— Mas por que você ameaçou contar à mulher dele? — ouvi Bruno perguntar.

Houve um instante de silêncio, então Tiago respondeu:

— Porque me incomoda que ele seja tão filho-da-puta.

— Filho-da-puta por estar com você?

— Por estar comigo, por viver uma vida dupla, por se esconder na barra da saia da mulher, por trepar comigo na cama do filho. — Ele fez uma pausa. — Eu não vou contar à mulher dele. Só fiz isso para atingi-lo. Ele parece tão intocável, tão livre de culpa transitando por esses dois mundos.

– Se ele não fosse livre de culpa, vocês não teriam se conhecido – argumentou Bruno.

– Eu sei.

Mais silêncio.

– Tem certeza de que você não está apaixonado? – perguntou Bruno.

– Tenho. Não é amor. São outras coisas que podem parecer amor, mas não é amor. Nós não temos nada em comum, ele me irrita com aquela conversa fodida de escritório. Só vê filme na televisão, aquelas porcarias dubladas. Passeio para ele é dar volta com o cachorro no quarteirão.

– Então por que você não acaba logo com isso?

Tiago hesitou.

– Não sei – admitiu, afinal. – Porque o sexo é bom, eu acho. E porque, por incrível que pareça, eu gosto de ficar com ele. Entende?

– Entendo – respondeu Bruno.

Quando os dois finalmente se despediram, fingi que estava dormindo. Ouvi Bruno se despir e conferir o despertador. Então ele se deitou e me enlaçou num abraço forte que parecia dizer "Ainda bem que temos um ao outro". Não demorou muito e dormíamos.

Eu estava com os olhos cansados, depois de mais um dia inteiro de frente para o computador, tanto na revista quanto em casa. Eram 23h, e Bruno havia telefonado para avisar que chegaria depois de 1h, como era de praxe nas sextas-feiras, por causa do trabalho excessivo no jornal. Decidi dar uma volta, sentei-me no bar da esquina e tomei um chope, admirando a paisagem.

Tentava não pensar em nada.

Queria um pouco de diversão, mas não sabia exatamente o quê. Então bebi até sentir aquele torpor gostoso quando tudo fica mais macio e viável.

Olhei para o relógio: 0h25. Levantei-me e comecei a andar pelas ruas. Sentia a cabeça leve. Quando dei por mim, estava próximo ao Parque, avançando em direção ao local conhecido. Havia movimento. Entre os carros estacionados, dois homens trepavam à vista de um grupo que observava em um silêncio de olhos fixos. Alguns dos observantes se masturbavam. Segui em frente.

Homens caminhando de mãos nos bolsos. A mesma velha história de sempre. Olhares vampíricos que se cruzam, passos errantes traçando caminhos sinuosos. Sentei-me num banco de pedra. E logo um homem se aproximava. Tocou minha perna. Tocou meu pau. Abriu minha braguilha. Eu sentia tudo amortecido, como se aquilo acontecesse com uma terceira pessoa. Ele se ajoelhou entre minhas pernas e começou a me chupar.

Um homem magro e alto se aproximou, masturbando-se enquanto nos observava.

– *Voyeur* de merda – peguei-me dizendo.

O homem que me chupava levantou a cabeça, o *voyeur* se afastou, assustado.

– Você é uma delícia – disse o homem que me chupava, talvez admirado por minha reação enérgica e arrogante.

– Continua – falei, forçando a cabeça dele contra meu pau.

Quando gozei, fechei a calça e nos despedimos.

– Valeu – disse o homem.

– Valeu – repeti.

Bruno já estava em casa quando cheguei. Olhou bem nos meus olhos, farejou de longe o cheiro de bebida, adivinhou minha embriaguez sem se aproximar.

– Tem *pizza* na cozinha – avisou, em tom ríspido.

– Não estou com fome – disse, atravessando a sala, indo direto para o quarto.

Tirei a camisa, a calça e a cueca com a mancha denunciadora de porra. Levei tudo para o cesto de roupa suja e entrei no banho. Aos poucos, abandonava aquele estado de torpor.

– Aluguei um filme, quer ver? – perguntou Bruno, batendo à porta.

Entendi que ele não estava chateado. Talvez tivesse ficado ligeiramente irritado quando me viu chegar bêbado, mas não estava chateado. Isso era bom.

Assistimos juntos ao filme, que terminou quase às 4h. Então ele perguntou, casualmente:

— Saiu para beber?
— Saí.
Ele me encarou e sorriu:
— Teve juízo?
— Ô — respondi, sem dar uma resposta.
Bruno se espreguiçou, olhou para mim e me deu um beijo leve na testa.
— Vou dormir — anunciou.
Passei a mão nos cabelos dele.
— Boa-noite — falei.
Fiquei algum tempo deitado no sofá, zapeando atrás de algum programa interessante para ver, quando me ocorreu com terrível clareza o seguinte pensamento: *Ele está indiferente em relação a mim.* E isso nem foi o mais assustador. O mais assustador foi me dar conta, com igual clareza, de que eu estava indiferente à indiferença dele.

8

Talvez exista um momento exato em que a pessoa com quem estamos perde o encanto para nós. Um divisor de águas, um átimo onde os defeitos de antes ficam insuportáveis e as qualidades desaparecem sem deixar vestígios. Uma gota d'água no caldeirão de nosso limite, talvez.

Seis meses depois de minha volta ao Brasil, eu tinha plena consciência de que Bruno e eu seguíamos juntos mais por inércia do que por vontade genuína. Estávamos habituados, tínhamos uma rotina cuja engrenagem exigia pouca força, ou, antes, movimentos automáticos. Eu só precisava estar ali, ele só precisava estar ali. Trabalhoso seria romper aquilo, reclamar mudanças.

Eu chegava do trabalho, depois ele chegava do trabalho. Conversávamos um pouco, cansados. Assistíamos à televisão, cansados. De vez em quando, trepávamos, cansados.

Mas alguma coisa nos mantinha presos a essa teia invisível do casamento. Às vezes, eu tentava me persuadir de que era assim mesmo. Pensava: *vai ver é só uma fase*. Pensava: *estamos num estágio mais amadurecido da relação*. Pensava: *com outra pessoa, acabaria da mesma maneira*. Mas nada me convencia plenamente.

Eu sabia onde havíamos chegado, mas me recusava a tomar uma atitude concreta, em parte querendo acreditar nesses chavões que converteriam nossa ruína num mal apenas passageiro ou contornável.

Havia também o medo. Medo do buraco que ele deixaria na cama, no armário, no meu cotidiano. Medo de voltar a andar com duas pernas, abandonando a segurança daquelas outras duas. Medo de me arrepender mais tarde ou então descobrir que fora tudo um grandessíssimo engano: que por baixo do nosso tédio, da nossa aparente exaustão, havia Amor Verdadeiro.

Seguíamos em frente, e seguir em frente nos consumia. Cada não para o sim que havíamos sido nos envenenava. Eu chegava a detestá-lo ou desprezá-lo por tudo nele que fugia ao que eu considerava certo.

Nessa época, li em algum lugar que a duração da paixão corresponde ao tempo que levamos para desconstruir a pessoa que criamos em nossa mente e descobri-la como ela realmente é. Pois seria isso? Estaríamos sempre projetando nossos desejos no outro, e portanto não nos apaixonando pelo outro de fato, mas por um outro inventado, pelo outro como gostaríamos que ele fosse? Seja como for, o que é "o outro de fato"?

Não brigávamos, não tínhamos discussões. Ruminávamos nossas desilusões sempre com uma ponta de sorriso no rosto, com palavras comedidas, com simulacros de carinho, às vezes nos agarrando à ternura autêntica que sentíamos, por exemplo, ao acordar de um pesadelo no meio da madrugada e depararmos com o corpo conhecido entregue ao sono. Havia ternura autêntica no abraço que eu lhe dava então. E eu me perguntava: *não será isso o amor maduro?*

Precisávamos de algo que nos arrancasse de nossa inatividade, e isso veio como deve ser: ao acaso.

Eu estava a caminho da academia, numa manhã de nuvens carregadas, quando encontrei Michel a duas quadras de casa. Minha primeira reação foi fingir que não o havia visto. Não nutria mais nenhum ciúme dele, mas me faltava vontade de falar, ou quem sabe fosse algum pressentimento de coisa grande por vir. O caso é que acabei cumprimentando-o com um sorriso e já me afastava quando ele disse:

– Oi, Pedro. Que bom encontrar você.

– Oi... – falei, num misto de cumprimento e espanto.

– Eu queria falar com você... Sobre o que aconteceu entre mim e Bruno.

– Eu...
– Sei que ele já contou tudo para você e que ficou tudo bem – prosseguiu Michel. – Mas é como se eu tivesse ficado devendo alguma desculpa ou explicação, não sei.

A ficha caía muito devagar, mas caiu a tempo de eu disfarçar pelo menos razoavelmente minha surpresa.

– Ah, deixe disso – falei, a voz parecendo-me um pouco trêmula. – É coisa do passado.

– Eu sei. Mas eu estava com uma sensação ruim de dívida e queria botar tudo em pratos limpos.

Engraçado como podemos ser contraditórios. Eu já não sentia mais nada por Bruno, a não ser indiferença, mas do terreno inóspito dessa indiferença nasceu um ciúme digno de paixão. Não consegui ir para a academia. Voltei para casa e fiquei andando de um lado para o outro da sala, procurando entender o que se passava.

Quando não agüentei mais, telefonei para o celular do Bruno e perguntei se ele poderia se encontrar comigo na hora do almoço, no intervalo que havia entre as aulas da universidade e o expediente do jornal. Ele perguntou:

– Está tudo bem?

E menti que sim:

– Está, está tudo bem.

Eu me encontrava mais calmo àquela altura, mas, tão logo ouvi o barulho de chave na fechadura, meu coração começou a bater forte outra vez. Bruno entrou na sala e me fitou, apreensivo.

– O que foi? – perguntou.

Não hesitei:

– O que aconteceu entre você e o Michel?

Ele me encarou, então desviou os olhos e caminhou até a poltrona que ficava de frente para o sofá.

– Por que isso agora?

– É, uma boa pergunta! – explodi. – Por que *só* agora?

Bruno olhou para mim. Eu nunca o havia visto tão nervoso.

– Foi uma bobagem – disse ele. – Não teve a menor importância.

Levantei-me, comecei a andar novamente de um lado para o outro da sala.

– Você pelo menos não deveria ter mentido para ele, dizendo que tinha contado tudo para mim.

Bruno parecia surpreso.

– Vocês se encontraram? – perguntou.

– É, a gente se encontrou. E ele quis falar comigo. Quis pedir *desculpas* por ter trepado com o meu namorado. Estava com uma sensação ruim de *dívida* – falei, remedando-o.

– Sinto muito – murmurou Bruno.

– Sente muito? – perguntei, em voz alta. – Sente muito?

Ficamos em silêncio, enquanto eu continuava andando de um lado para o outro.

– Quando foi isso? – perguntei, afinal.

– Durante a sua viagem – respondeu Bruno.

– Clássico, não é? – indaguei, em tom de mofa.

– Não foi nada planejado, eu juro – objetou ele. – Só aconteceu.

– Aconteceu – repeti. – Que maravilha.

– Foi só uma semana. Então nós entendemos que era um erro.

Olhei para Bruno. Respirei fundo. Perguntei:

– Ele veio ao apartamento?

Bruno demorou a responder.

– Veio.

– Vocês transaram aqui?

Mais demora.

– Para que isso? – perguntou ele, afinal.

– Vocês transaram aqui? – insisti, a voz novamente elevada.

– Isso não tem importância.

– Vocês transaram aqui? – gritei, segurando-o pelos braços.

– Transamos.

Eu o encarava com ar de incredulidade. Soltei-o e dei as costas para ele.

– Na nossa cama?

Eu estava completamente tomado pelo momento, dominado por uma fúria vinda eu não sabia de onde. Bruno chorava, o rosto oculto pelas mãos.

– Foi, na nossa cama.

Segui para o banheiro e bati a porta, deixando-o sozinho na sala. Dava para ouvir seus soluços. Olhei o espelho e não reconhecia minha fisionomia alterada. *O que está acontecendo?*, perguntei a mim mesmo. Eu não tinha nem autoridade para interrogá-lo naquele tom. Tentava me convencer de que meus erros haviam sido menores, mas não tinha nenhuma certeza disso. Cada vez mais, parecia-me mais natural e explicável que uma traição se desse daquela maneira, pela eventualidade do "aconteceu".

Lavei o rosto e saí do banheiro. Bruno permanecia na mesma posição, o rosto transfigurado de lágrimas. Vesti-me e avancei para a porta.

– Desculpe, Pedro – pediu ele, ao me ver saindo.

Dei meia-volta e disse:

– A gente conversa mais tarde.

O dia transcorreu devagar. Eu não conseguia me concentrar direito, lia as mesmas frases infinitas vezes, até que elas se encontrassem completamente desprovidas de sentido. Volta e meia, a imagem de Bruno e Michel na minha cama me acometia com a velocidade de um golpe brutal. Mas eu também tentava ser razoável, pensando que aquela era a oportunidade que tínhamos para dar um basta a tudo. Ao mesmo tempo, e apesar da raiva que me corroía, parecia-me injusto usar um deslize de Bruno para terminar a relação. Eu não queria que ele saísse carregado de culpa. Não sabia o que queria. Estava confuso.

Quando Luíza surgiu na minha baia, demorou poucos segundos para entender que havia acontecido alguma coisa.

– O que foi? – perguntou.

Era estranho, mas eu não queria conversar sobre o assunto, principalmente porque, de algum modo, parecia-me que assim estaria maculando o que éramos Bruno e eu, profanando algo que a apenas nós dois pertencia. Ou talvez fosse orgulho ferido, medo do ridículo, não sei.

– Nada – respondi, sem convencer nem a mim mesmo.

Luíza era perspicaz.

— Se quiser se abrir, você sabe onde me encontrar.

Olhei para ela e agradeci.

Então, uma hora depois, João telefonava para saber como andavam as coisas. Parecia uma provação.

— Tudo bem — menti, novamente sem muita convicção.

Quando desligamos, mantive o fone na mão e veio-me o ímpeto de telefonar para Bruno, embora eu não soubesse nem o que dizer. Esperei a vontade passar, esperei o expediente acabar. Saí do trabalho feito um sonâmbulo. Queria me esconder em algum lugar, mas não sabia onde. Acabei me sentando num banco da praça próxima à revista. Olhei à volta. Muitas pessoas passando, todas apressadas, todas atrasadas para o jantar, para a novela, para o encontro romântico, para o reencontro com o apartamento vazio.

Olhei para cima. Prédios por todos os lados, as luzes se acendendo enquanto o dia chegava ao fim. Vi o azul-cobalto do céu se transformar no mais escuro dos azuis e me levantei, ainda meio sonâmbulo, mas internamente mais apaziguado.

Em casa, encontrei Bruno sentado na mesma poltrona onde eu o havia deixado pela manhã.

— Saiu mais cedo? — perguntei.

— Não fui trabalhar.

Fui para a cozinha, servi dois copos de água e voltei para a sala.

— Quer? — ofereci, estendendo um dos copos.

Bruno aceitou. Sentei-me no sofá, de frente para ele. Fiquei algum tempo encarando o chão, então finalmente comecei a falar, ainda sem olhar para ele.

— Olha, eu quero que você saiba que não estou chateado com você — disse, embora ainda estivesse.

— Não está? — surpreendeu-se Bruno.

— Não — respondi, com firmeza. — Não estou chateado.

Bruno abriu um sorriso. O mesmo sorriso que tanto me encantara anos antes.

— Mas... — comecei, logo me detendo.

— Mas o quê? — perguntou ele.

Tomei um gole de água, procurando organizar os pensamentos.

— Mas... — Eu não conseguia proferir as palavras. — Você sabe o que tenho para dizer, não sabe?

Bruno desviou o olhar.

– Sei – murmurou, afinal, a voz trêmula, o queixo trêmulo, as mãos trêmulas. Ele era o retrato do desamparo. – Acabou, não é?

– É – respondi.

Bruno começou a chorar. Eu não queria fazê-lo passar por isso. Não queria estar passando por isso. Ele olhou para mim com os olhos marejados.

– Me abraça? – pediu.

Abraçamo-nos forte. Eu o sentia frágil sob minhas mãos. Frágil. Frágil. Insuportavelmente frágil. Era terrível que eu fosse a causa daquele sofrimento. Eu quase tinha vontade de dizer "Não é nada disso, vamos jantar e esquecer essa história", mas me mantive firme.

Quando os soluços amainaram, ele se afastou, enxugou os olhos e perguntou:

– Quer que eu saia hoje?

– O quê? – surpreendi-me. – Não, Bruno. Não quero que você saia hoje. As coisas não são assim.

Então fomos nos deitar e tive chance de me arrepender daquela resposta. A noite se transformou numa lenta e penosa despedida. Ele chorava, eu chorava, abraçávamo-nos demoradamente como velhos amigos que precisam se separar por causa de uma viagem definitiva. Não dormimos. Era como se estivesse suspensa a época dos sonhos.

Na manhã seguinte, Bruno se levantou cedo. Telefonou para a mãe e avisou que estava voltando para casa, depois abriu os armários e começou a jogar suas coisas em duas malas grandes, abertas no chão do quarto. Eu não sabia se o ajudava ou se me limitava a olhar. Queria sair dali e só voltar quando estivesse tudo acabado.

Doía muito vê-lo recolher suas roupas, seus perfumes, a escova de dentes, recolher seus rastros.

Quando tudo se achava devidamente empacotado, Bruno telefonou para Tiago e explicou o que se passava, perguntando se ele poderia pegá-lo de carro para levar suas coisas até a casa da mãe. Tiago, como era de esperar, pediu apenas alguns minutos.

Então nos sentamos novamente na sala, esvaziados de tudo, nitidamente assustados, tateando em busca do gesto menos errado, da palavra menos desacertada, do jeito menos difícil.

– Posso ligar para você? – perguntou Bruno.

– Claro – respondi. – Nós somos amigos. Eu quero você por perto.

E, por um instante, realmente acreditei nisso. Acreditei que seria possível tê-lo por perto como amigo depois de tudo que havíamos vivido como amantes.

Mas Bruno disse:

– Vou sentir saudade.

Passei a mão no rosto dele.

– Também vou sentir saudade.

Quando o interfone nos arrancou do estado letárgico em que nos encontrávamos, abraçamo-nos pela última vez e acompanhei Bruno até a porta.

– Depois peço a alguém para vir pegar o computador e o resto das coisas – avisou ele.

– Está bem.

O elevador chegou, ajudei-o com as malas e me despedi com um aceno hesitante. Quando a pesada porta do elevador se fechou, pensei: *o que estou fazendo?* E voltei para dentro de casa.

9

Então éramos eu e o buraco deixado por Bruno. Eu e o vazio das gavetas do armário, eu e o vazio do lado direito da cama, eu e o vazio da prateleira inferior do banheiro.

Foi aos poucos que recuperei todos os espaços da casa. À noite, ficava sentado de frente para o computador até as vistas não agüentarem mais ou o sono intervir. Procurava ocupar meu tempo com atividades solitárias e recusava convites para sair, como se nessas saídas houvesse uma espécie de traição a Bruno.

Pensava em agito, mas permanecia no apartamento, protegendo-me do que fosse. Pensava em sexo, mas não me movimentava. Falava com amigos e parentes pelo telefone, sofrendo a cada vez que precisava dar a notícia medonha.

Em um desses telefonemas, minha mãe mais uma vez me surpreendeu. Já estávamos conversando havia alguns minutos, e imaginei que desligaríamos sem eu precisar contar nada, quando, casualmente, ela perguntou:

– Como vai o Bruno?

– Bruno e eu terminamos – respondi, com uma voz que se pretendia segura.

Houve um momento de silêncio, então ela perguntou:

– Você está bem?

– Estou – falei, num reflexo.

Mas minha mãe me conhecia.

– Sabe, quando seu pai morreu – disse ela, com calma –, eu olhava para a frente e não conseguia imaginar como continuar – suspirou. — Você e Tobias já estavam crescidos, morando cada qual em sua casa. E achei que seria impossível voltar a ser feliz um dia... Mas hoje posso afirmar que estou muito feliz. Tudo passa, e isso também vai passar.

— Eu sei, mãe — consegui balbuciar. — Obrigado.

Quando finalmente nos despedimos, eu sentia uma espécie de brandura no peito. Minha mãe havia atravessado uma longa estrada para chegar onde chegara. E eu me orgulhava de cada passo dela nesse caminho.

Tempo. Eu precisava de tempo.

E, com o tempo, reaprendi a preencher meus horários vazios, a dedicar mais atenção aos amigos, a fazer sexo sem culpa, a conviver com a certeza de que não havia ninguém à minha espera em casa. Às vezes, sentia uma saudade arrebatadora de Bruno, principalmente quando acordava depois de um sonho bom com ele. Vinha-me de súbito a vontade de telefonar, saber o que ele andava fazendo, como estava sua vida, mas eu me segurava, porque achava que assim seria melhor.

De vez em quando, pensava em Rodrigo. São quantos os grandes amores de uma vida? Recebia mensagens eletrônicas de Robert, o que me enchia de genuína felicidade. Saía com João e Lucas, testemunhando a decadência do que um dia fora um Relacionamento Amoroso. Batia longos papos com Luíza, ainda às voltas com seu homem casado. Jantava com Tobias e Virgínia, cada vez mais certo de que havia para eles um futuro bacana.

Quando terminei de redigir o livro, sabia que a pior parte estava por vir. Eu detestava ter de revisar o que escrevia. Estava sempre sujeito ao pior crítico possível, eu próprio, com minhas mudanças de humor, minha leitura impiedosa, minha tirania para comigo mesmo. Mas enfrentei o processo e acabei enviando cópias a três editoras, uma delas a que havia publicado meu primeiro romance.

Às vezes, sofria de um tédio terrível no qual nada em minha vida parecia digno de mérito: análise, academia, diversão, trabalho.

Cada vez mais eu me convencia de que seria melhor dar férias prolongadas a Teresa. Estava cansado de querer conhecer a mim próprio e achava que, por aquela quantia, daria para conhecer pessoas mais interessantes. Suspendi nossas sessões no último dia de um mês de agosto, ao lhe estender mais um punhado de notas.

Como recurso para insuflar ânimo a minhas séries de musculação, eu andava cogitando um ciclo de esteróides. Vários conhecidos meus haviam tomado bomba, e eu evidentemente tinha vontade de ganhar mais massa muscular. Mas temia os efeitos colaterais e adiava minha adesão como quem adia a morte: com a certeza de que um dia ela viria.

Meu lazer era o lazer de muitos gays solteiros com hormônios e neurônios suficientes: filmes, peças, livros, boates, *raves* e, de vez em quando, o Parque. Eu procurava não me exceder em nada. Tentava administrar bem meu tempo livre e freqüentava muitas festas, sempre sozinho, até o sábado em que João me telefonou afinal com a notícia já esperada:

– Lucas e eu terminamos.

Não simulei surpresa. Só perguntei:

– Você está bem?

– Estou estranho – respondeu ele.

– Sei como é. Foi quando?

– Agora à tarde. Ele acabou de sair daqui.

– Quer conversar? – perguntei. – Eu posso ir até aí, ou então você vem para cá.

– Quais são os planos para hoje à noite? – quis saber ele.

– Vai rolar uma festa no centro da cidade, mas não sei se...

– Vamos? – cortou ele.

Era engraçado. Eu jamais sairia num dia desses, mas se ele queria...

– Vamos – concordei.

Cheguei à casa de João algumas horas antes da festa. Ele acendeu um baseado, e, quando demos por nós, já ríamos de qualquer bobagem. Eu sentia extrema dificuldade de acompanhar as conversas que iniciávamos, mas João cismou de me contar uma piada, que pareceu durar uma eternidade. Nós ríamos a cada fim de frase. A piada era assim:

A bichinha vê passar na rua um homem lindo, todo vestido de branco, e começa a segui-lo. O homem entra num prédio,

toma o elevador até o último andar e entra numa sala cuja placa na porta diz: PROCTOLOGISTA. A bichinha volta para casa e procura o número do consultório no catálogo, então telefona para lá a fim de marcar consulta. No dia previsto, aguarda na sala de espera quando a secretária avisa que é sua vez.
— Qual é o problema? — pergunta o médico, lindo, olhando para ela.
— Ando sentindo muita dor no ânus — reclama a bichinha.
— Tudo bem — diz o doutor. — Vamos examinar você.
A bichinha se deita de bruços na mesa acolchoada. O médico começa a examiná-la e logo exclama:
— Ah, não é à toa que você está sentindo tanta dor. Tem uma dúzia de rosas no seu ânus!
E a bichinha, histérica:
— Leia o cartão, leia o cartão!

Quando chegamos à festa, o lugar já estava abarrotado. Bebemos, dançamos, bebemos, dançamos, bebemos, dançamos. E não nos cansávamos. Mas João quis sair da confusão para fumar um cigarro ao ar livre.

UM RARO PRAZER

Eu estava curtindo verdadeiramente a noite. Sentia a brisa no corpo, sentia aquela leveza na cabeça, sentia-me vivo. Era bom estar com João de volta a nossas antigas farras. Em outra ocasião, poderia me parecer triste que nos achássemos mais uma vez na roda-viva, depois de uma nova relação fracassada, alguns anos mais velhos e nem por isso mais amadurecidos, em busca desse algo intangível que parece ser a diversão pelos sentidos do corpo.

Mas eu estava feliz, porque sentia com muita clareza que a vida é mesmo esse rio que nos leva e nos transforma com a mudança das paisagens. Com muita clareza, entendia que resistir à força do rio seria uma afronta ao princípio fundamental de nossa natureza. Era preciso obedecer ao movimento da vida, submeter-se ao fluxo, renunciar à eternidade. Nada é estanque. Repito: nada é estanque. E pelo menos naquele momento não havia nessa verdade inexorável tristeza alguma.

Nós tínhamos a matéria básica – essa energia que nos arranca o corpo do repouso e faz bater o coração aparentemente sem nenhum objetivo concreto – para traçar nossa trajetória, para escolher caminhos dentro da corredeira. E era o que importava: que estivéssemos vivos e atentos.

A partir disso, criávamos cenários, escrevíamos artigos, dávamos aulas, decretávamos sentenças ou vendíamos livros, cultivávamos flores, oferecíamos jantares, adquiríamos apartamento, levantávamos bandeiras, amávamos e desamávamos.

Para que eu não sabia. Mas decerto valia a pena.

Três

*Mas a vida, a vida, a vida,
a vida só é possível
reinventada.*

Cecília Meireles

Eu estava ansioso. Eram 17h40, e João chegaria para me buscar em vinte minutos. Ajeitei mais uma vez a camisa branca de frente para o espelho, mais uma vez conferi o cabelo, mais uma vez andei pela sala pensando *por que foi que me meti nisso?* e desejei voltar no tempo ou me transportar para outra dimensão por telecinesia.

Era a noite do lançamento do livro.

Dois dias antes, com o livro já impresso nas mãos, decidira lê-lo pela última vez e me surpreendera com o narrador da história, eu próprio, na parte onde descrevia o relacionamento com quem na vida real era Bruno. Como eu havia ficado sentimental! Dado a emoções profundas & buscas insondáveis. Era incrível o que uma relação podia fazer conosco.

Agora restava apenas aquele nervosismo na barriga. E a certeza de que meu estimado cinismo recuperara forças, de que minha nova postura diante da vida não poderia ser mais egocêntrica e de que eu queria meu tempo só para mim. Reconquistara minha antiga forma.

João chegou pontualmente às 18h. E seguimos para a livraria. Ele puxava papo, mas eu não conseguia manter nenhuma conversa. O estômago revirava, eu me sentia fraco. E se não aparecesse ninguém? E se aparecesse gente demais? E se eu perdesse minhas faculdades motoras e não conseguisse escrever as dedicatórias?

De certo modo, fiquei aliviado por minha mãe e tia Adélia já estarem na livraria. Falamo-nos brevemente, então o gerente do lugar interveio para me mostrar a mesa onde eu ficaria. E o gerente do lugar era AQUILO: uma ode ao tesão, espetacular com sua calça cáqui e sua camisa azul-clara de botões, seus óculos de armação preta e seus cabelos castanhos. Por baixo da roupa, o corpo atlético parecia pedir para ser desnudado.

Ponto para a livraria.

Outro ponto para a livraria: o vinho que não tardou em chegar e que bebi até me sentir mais relaxado, num estado em que seria possível aproveitar a noite.

Luíza e Ana foram as primeiras amigas a aparecer. Conversamos um pouco, e pude enfim matar saudades de Ana, que havia algum tempo se mudara para o interior e só passaria o fim de semana na cidade. Embora sentisse saudades da correria da vida urbana, não pensava em voltar, o que imediatamente me fez pensar na loucura das mudanças possíveis. Era possível mudar.

Luíza estava feliz e segurava o livro com orgulho, parecia ser seu. Acabei ficando feliz também, por tê-la como amiga. Era reconfortante e me trazia uma espécie de paz, dessas que sentimos depois dos pequenos maremotos cotidianos. Abraçamo-nos, e mostrei a ela o gerente que volta e meia eu pegava olhando em minha direção.

– Um assombro! – atestou ela.

Eu não cansava de me surpreender com o efeito que a beleza exerce sobre nós, mortais possivelmente pouco evoluídos, possivelmente pedras na escada cármica. Tampouco me importava ser pedra. Gostava de olhar esses caras que nos fazem, de repente, acreditar num Deus de infinita generosidade, e para sempre cantaria em coro com Luíza pelos "assombros" que trançam em nossa vida, deixando-a irremediavelmente enfeitada.

Eu já me sentia mais leve. Alguns colegas da revista também haviam aparecido, além de conhecidos de outros círculos, e a noite fluía com tranqüilidade. De vez em quando, João se aproximava para me perguntar se estava tudo bem, se eu precisava de alguma coisa. Mas eu não precisava de nada.

Eu não precisava de nada.

Só quando Bruno chegou, voltei a sentir uma ponta de insegurança, um tropeço no meu proceder espontâneo. Por um instante, não sabia como agir. Tomei um gole do vinho e busquei uma frase que não me vinha, mas ele resolveu o impasse abraçando-me. E abraçá-lo era estranho: aquele corpo conhecido, agora desnudado do amor antigo, contraditório a essa arma perigosa que é a memória, parecia-me menor.

Notei que Tiago e um homem também estavam a seu lado. Cumprimentei Tiago, e Bruno me apresentou ao desconhecido.

— Este é o Júlio – disse.

Apertei a mão do homem. Ele provavelmente regulava comigo em idade, mas eu não conseguia imaginá-lo como namorado de Bruno.

Quando Júlio e Tiago se afastaram para me deixar conversando a sós com Bruno, ele me explicou que aquele era o homem casado de Tiago.

— Lembra? – perguntou.

— Lembro – respondi, de certo modo aliviado, eu não sabia por quê. – E seu namorado, não veio?

— Não – disse Bruno. – Está trabalhando esta noite.

— Ah.

Houve um momento constrangedor de silêncio. Três anos juntos, e parecíamos não saber o que dizer um ao outro. Por fim, perguntei:

— Então o homem casado do Tiago agora aparece em público com ele?

— O homem casado do Tiago não é mais casado – explicou Bruno. – Ele se separou da mulher, e agora os pombinhos que você está vendo moram juntos.

Era engraçado. Até onde eu sabia, os dois não tinham nada em comum, e a única coisa que atraíra Tiago havia sido justamente o fato de o homem ser casado. A vida nos prega peças. Ou, como eu dizia: nada é estanque.

Vinho. Leve música ambiente. Autógrafos para conhecidos e desconhecidos. João por perto. Luíza por perto. Os olhares cada vez mais ousados do gerente da livraria. Bate-papo amigável com Bruno, sob a guarda atenta de minha mãe. Um mundo perfeito, civilizado e pronto para exportação. Por um instante, senti as rédeas da vida em minhas mãos. Eu tinha 44 anos e estava no lugar exato onde deveria estar.

A última pessoa a aparecer, pouco depois de Tobias e Virgínia, foi Teresa. Ela chegou ofegante, recém-saída do consultório. Estava bonita, com um vestido preto. Olhou nos meus olhos e disse:

– Sinto saudades suas.

– Eu também – falei, abraçando-a.

Era estranho vê-la fora da sala de terapia, como uma pessoa comum. Ela, que talvez soubesse mais coisas minhas do que eu próprio.

Apresentei-a à minha mãe, a Luíza e a João. Novamente, parecia-me estranho revelar o rosto de todas aquelas pessoas que durante anos haviam freqüentado o consultório dela. O que Teresa estaria achando?, eu me perguntava.

– Você está bem – comentou ela.

– Obrigado – respondi. – Estou me sentindo bem.

Trocamos um sorriso cúmplice. Com muita discrição, mostrei a ela quem era Bruno, que conversava com Tiago e Júlio num canto da livraria. Teresa pareceu gostar.

– Feliz com o lançamento? – perguntou.

– Feliz. E apreensivo.

– Mais feliz ou mais apreensivo? – quis saber ela.

– Mais apreensivo – admiti.

Ela balançou a cabeça.

– Com o quê, exatamente?

– Com a aceitação, eu acho. Com a exposição.

– É compreensível – observou ela.

Conversamos, e conversar com ela era sempre uma delícia: um curso que ela estava fazendo sobre TOC, os meus transtornos obsessivo-compulsivos, casos ilustrativos sobre males variados (Teresa adorava casos ilustrativos), um puxão de orelha no menino de 13 anos que nunca deixei de ser. Mas fomos interrompidos pelo celular.

Era a filha dela. E eu não sabia nem que Teresa tinha filha.

O tempo tem essa conhecida qualidade mágica de se esticar ou comprimir, principalmente contra a nossa vontade, e isso não era segredo. Mas de algum modo me incomodava que eu houvesse passado semanas ansiando, temendo e sofrendo por essa data, e agora a noite se esvaísse por minhas mãos (essas mãos que tinham quatro décadas, eu às vezes me pegava dizendo ao olhar para elas) tão rapidamente.

Um a um, os convidados começaram a se despedir. Eu estava ao mesmo tempo elétrico e cansado, mas de pronto aceitei o convite de Luíza e João para estender a noite numa boate. Sim, seria bom dançar.

— Adivinha quem vai? — disse Luíza, olhando na direção do gerente.

Eu o fitei. Ele sorriu.

— A noite vai ser boa — falei, animado, alguns segundos antes de Bruno se aproximar para se despedir.

Luíza se afastou. Ficamos apenas nós dois, investigando-nos à procura de possíveis sinais do que havíamos sido um para o outro.

— Eu não tive chance de falar com você sobre o livro — disse ele, erguendo a cópia autografada que tinha nas mãos. — Mas gostei muito.

— Teve saco para ler no computador mesmo? — perguntei.

— Sem problema — respondeu ele. — Eu estava curioso, não tive paciência de esperar pelo texto impresso.

Tomei mais um gole do vinho. Bruno me encarava.

— Só acho que você me pintou com cores muito fracas... — reclamou, afinal.

Levei algum tempo para responder:

— É ficção, você sabe.

Ele sorriu.

— Eu sei, eu sei, mas ao mesmo tempo sou eu. Não sou?

Olhei para ele. Passei a mão por seus cabelos eternamente desfeitos e lhe dei um beijo no rosto. Onde o que éramos? Onde o que justificara tanto ciúme, tanta desconcentração no trabalho, tanta disposição para quem sabe me transformar no que ele quisesse?

Tiago e Júlio se aproximaram. Estavam cansados, acordariam cedo. Falavam completando as frases um do outro, numa sintonia que beirava o acinte para solitários involuntários. Achei bacana.

O casal me convidou para uma festa à fantasia que haveria em seu apartamento na semana seguinte, e prometi ir. E iria. Mas ao mesmo tempo pensava: *festa à fantasia; veado adora essas coisas.*
Despedimo-nos com a certeza do reencontro.

Corri os olhos à volta e descobri João e Luíza conversando com o gerente. Um assombro, sim senhor. No estado de ligeira embriaguez em que me encontrava, segui para onde eles estavam.
– Acho que você já conheceu o Toni – disse Luíza, ao me ver chegar.
– Conheci.
Toni, sem dúvida belo, uns 35 anos, olhos assustadoramente verdes por trás da armação preta dos óculos, perguntou:
– Vamos nessa?
Ligeiramente atordoado, respondi:
– Vamos.

No carro do João, conversamos sobre literatura: o que gostávamos, o que não gostávamos, o que vendia e o que se acumulava nas prateleiras. Ele mencionou um autor irlandês que eu deveria ler. Mostrei interesse. Ele mencionou um ensaio, um artigo, uma coluna que eu deveria ler. Mostrei interesse. Mas meu interesse maior era por aquela boca de lábios finos e apetitosos.
Não, eu não era todo ouvidos. Era também e sobretudo tato. Embora anestesiado pelo álcool, sentia sua coxa roçar de leve minha coxa, sentia seu antebraço roçar de leve meu antebraço. Sentia o prenúncio do que talvez acontecesse de fato. E, num pensamento quase longínquo, perguntava-me: *é a expectativa do Paraíso melhor do que o próprio Paraíso?*
Quando chegamos à boate, havia uma pequena fila na porta, onde esbarramos com Lucas. Ele e João se abraçaram, conversaram brevemente: a valsa dos ex-amantes. Então entramos, e Lucas encontrou alguns amigos.
Despedimo-nos e seguimos para a pista abarrotada.
Eu observava Toni dançando com ar displicente, um leve sorriso no canto da boca, os olhos estreitos volta e meia caindo sobre

mim. Comecei a ficar realmente excitado. Queria fodê-lo. Aproximei-me com jeito e toquei seu rosto, então apertei sua nuca. Ele estava completamente entregue. Beijei-o com suavidade. Abraçamo-nos, roçamos os sexos duros. Eu passava as mãos pelas costas lisas dele, apalpava as nádegas firmes. Era isso. Estávamos na roda, e estar na roda era bom.

O DJ recém-chegado de Londres, a galera antenada torcendo o nariz para tudo que fora vanguarda dois meses antes e agora era quase retrô, as dezenas de corpos malhados em seção explícita de exibicionismo, nada nos importava. O que havia era a mistura de nossas línguas, a simbiose de nossos corpos e nossa dança quase primitiva.

Quando finalmente nos cansamos de tanta gente, de tanta música, de tanto calor, deixamos a pista, sem jamais nos deixarmos. Era como se qualquer separação se configurasse uma operação impossível.

No *lounge*, essa palavra sofisticada, por sorte encontramos uma poltrona vazia, onde nos sentamos quase deitados. E conversamos sobre nada, apenas para pontuar beijos longos e carícias à beira do indecoro.

Pouco tempo depois, João e Luíza surgiam, aparentemente exaustos.

– Estamos indo – avisou João. – Vocês ficam?

Levantei-me com alguma dificuldade. Confirmei com a cabeça. Ele me abraçou, depois foi a vez de Luíza. Ela estava linda, uma sereia perdida naquele mar de homens sem camisa, e eu a adorava. Decidi usar meu grau etílico para manifestar isso.

– Adoro você – falei, contra seu ouvido.

Ela me encarou, abriu um sorriso enorme, indicou Toni com o olhar e, antes de se afastar, abraçada a João, disse:

– Não vá se apaixonar.

Mas então já era tarde.

O AUTOR

Márcio El-Jaick nasceu em 1972 e formou-se em jornalismo pela Pontifícia Universidade Católica do Rio de Janeiro. É tradutor e, em 1999, foi um dos vencedores do Festival Literário Xerox–Livro Aberto, com a novela *E tudo mais são sombras*. Pelas Edições GLS publicou *Era uma vez — Contos gays da carochinha*, e participou da coletânea *Triunfo dos pêlos* com a história "Aula de pintura e/ou manhã numa cidade". Mora em Niterói, no Rio de Janeiro.

IMPRESSO NA
sumago gráfica editorial ltda
rua itauna, 789 vila maria
02111-031 são paulo sp
telefax 11 **6955 5636**
sumago@terra.com.br